電車で行こう！

サンライズ出雲と、夢の一畑電車！

豊田 巧・作
裕龍ながれ・絵

集英社みらい文庫

目次《もくじ》

世界《せかい》を飛《と》び回《まわ》るピアニストになるわ
川勝萌《かわかつもえ》
絶対《ぜったい》にハリウッドで女優《じょゆう》デビューする
森川《もりかわ》さくら
将来《しょうらい》は車両《しゃりょう》のデザインをしたいですね
父《とう》さんと同《おな》じ電車《でんしゃ》を撮《と》るカメラマンになるよ
小笠原未来《おがさわらみらい》
的場大樹《まとばたいき》
電車《でんしゃ》の運転手《うんてんしゅ》になるぞ！
高橋雄太《たかはしゆうた》
お客《きゃく》さんを楽《たの》しくさせるアテンダントさんになるの
今野七海《こんのななみ》

1　うるさ――――い！

「うっ、寒《さむ》っ！」

僕《ぼく》は新横浜駅篠原口《しんよこはまえきしのはらぐち》の改札《かいさつ》を駆《か》け抜《ぬ》けると、駅《えき》のすぐ前《まえ》にあるエンドートラベルのおんぼろビルの階段《かいだん》を四階《かい》まで一段《だん》抜《ぬ》きで駆《か》け上《あ》がった。

「エレベーターが下《お》りてくるのを待《ま》っているのより速《はや》いよね」

階段《かいだん》の手《て》すりが痛《いた》いほど冷《ひ》えきっている。

北国《きたぐに》は大雪《おおゆき》だって、今朝《けさ》のテレビニュースで言《い》っていた。

日本海《にほんかい》から吹《ふ》き寄《よ》せる湿《しめ》って冷《つめ》たい風《かぜ》が日本《にほん》の真《ま》ん中《なか》を走《はし》る山脈《さんみゃく》にぶつかって、雪《ゆき》をたくさん降《ふ》らし、カラカラに乾《かわ》いた状態《じょうたい》になって山《やま》を越《こ》え、太平洋側《たいへいようがわ》に届《とど》く。

だから、冬《ふゆ》、関東《かんとう》は雪《ゆき》が降《ふ》る代《か》わりに、青空《あおぞら》に乾《かわ》いた冷《つめ》たい風《かぜ》が吹《ふ》き渡《わた》っている。

今日《きょう》は二月最後《がっさいご》の日曜日《にちようび》。

新横浜《しんよこはま》にあるエンドートラベルに向《む》かったのは、『Train Travel Team《トレイン・トラベル・チーム》』(略《りゃく》してT3《ティースリー》)って名前《なまえ》の、小学生《しょうがくせい》が電車旅行《でんしゃりょこう》するチームの集《あつ》まりがあるからだ。

T3《ティースリー》は『エンドートラベル』という旅行会社《りょこうがいしゃ》が作《つく》ったチーム。

今《いま》まではメンバーは四人《よにん》だったんだけど、森川《もりかわ》さくらちゃんが増《ふ》えて五人《にん》になった。

大人《おとな》になったら、運転手《うんてんしゅ》さんになりたい『乗《の》り鉄《てつ》』の僕《ぼく》、高橋雄太《たかはしゆうた》。

電車《でんしゃ》のデザイナーに憧《あこが》れていて、時刻表《じこくひょう》マニアの『時刻表鉄《じこくひょうてつ》』の、的場大樹《まとばたいき》。

いつもカメラを手《て》に持《も》っていて、電車《でんしゃ》を撮《と》るカメラマンになるのが夢《ゆめ》の『撮《と》り鉄《てつ》』の、小笠原未来《おがさわらみらい》。

小《ちい》さいこどもが大好《だいす》きで、大人《おとな》になったら電車《でんしゃ》のアテンダントになって、みんなに電車《でんしゃ》の旅《たび》の楽《たの》しさを教《おし》えてあげたい今野七海《こんのななみ》ちゃん。

そして、アイドルになる夢《ゆめ》を実現《じつげん》した、九州出身《きゅうしゅうしゅっしん》の森川《もりかわ》さくらちゃん。

みんな小学《しょうがく》五年生《ねんせい》だ。

さくらちゃんは、今人気急上昇中《いまにんききゅうじょうしょうちゅう》の『F5《エファ》』っていうアイドルグループに所属《しょぞく》している。

最近出《さいきんだ》したCD《シーディー》は、なんと週間《しゅうかん》ランキングで一位《い》をとったんだって。

コンサートで全国《ぜんこく》を回《まわ》ったり、ときどきテレビにも出《で》たり。

本屋《ほんや》さんに行《い》けば写真《しゃしん》が載《の》っている雑誌《ざっし》もたくさん。

同《おな》い年《どし》なのにそんなに活躍《かつやく》しているなんて、びっくりしちゃうよね。

僕《ぼく》と大樹《たいき》と未来《みらい》と七海《ななみ》ちゃんの四人《よにん》は、毎週《まいしゅう》ここに集《あつ》まる『レギュラーメンバー』だけど、仕事《しごと》が忙《いそが》しくって福岡《ふくおか》に住《す》んでいるさくらちゃんは、時間《じかん》があった時《とき》だけ参加《さんか》する『特別《とくべつ》メンバー』なんだ。

エンドートラベルで僕《ぼく》らが集《あつ》まる会議室《かいぎしつ》の窓《まど》からは、ホームに停車《ていしゃ》する新幹線《しんかんせん》を見下《みお》ろすことができる。まるで新幹線《しんかんせん》を見《み》るために、作《つく》られた場所《ばしょ》みたい。

だから、電車《でんしゃ》が大好《だいす》きな僕《ぼく》らは、いつもここへ来《く》ると胸《むね》がわくわくしてしまう。

「間《ま》に合《あ》った！　10時《じ》ジャスト！」

僕《ぼく》は部屋《へや》に飛《と》びこむと、壁《かべ》にかかった時計《とけい》を見《み》て、はあぁっと息《いき》をはいた。

「雄太《ゆうた》！　おはようっ」

「珍《めずら》しいですね、ぎりぎりなんて」

未来《みらい》と大樹《たいき》が口々《くちぐち》に言《い》う。

「ケータイ忘《わす》れて、一度《いちど》家《いえ》に戻《もど》ったんだ」

僕《ぼく》は肩《かた》で息《いき》をしながら言《い》った。

「いつもゆとりを持《も》って行動《こうどう》する雄太君《ゆうたくん》だから、それでも時間《じかん》に間《ま》に合《あ》ったのね」

七海《ななみ》ちゃんがにこりと笑《わら》った。

電車好《でんしゃず》きの僕《ぼく》は、日本《にほん》の電車《でんしゃ》のように、時間《じかん》はきっちり守《まも》りたいほう。

それにT3《ティースリー》の集《あつ》まりはめっちゃ楽《たの》しい。遅刻《ちこく》なんてもったいなさすぎでしょ。

この日《ひ》は、新幹線《しんかんせん》の見《み》える窓《まど》を背《せ》にするようにして、僕《ぼく》が真《ま》ん中《なか》、左《ひだり》には七海《ななみ》ちゃん、右《みぎ》にはさくらちゃんが座《すわ》った。

机《つくえ》の反対側《はんたいがわ》には右側《みぎがわ》に時刻表《じこくひょう》を開《ひら》いている大樹《たいき》。真《ま》ん中《なか》に最近《さいきん》小《ちい》さなデジカメを新《あたら》しく買《か》ってもらった未来《みらい》。そして左側《ひだりがわ》の一番《いちばん》出口《でぐち》に近《ちか》い席《せき》には、さくらちゃんのマネージャーの佐川《さがわ》さん。マネージャーっていうのは、アイドルのさくらちゃんのスケジュール管理《かんり》や身《み》の回《まわ》りの世話《せわ》なんかをする人《ひと》のことだよ。

佐川《さがわ》さんは今日《きょう》も「お仕事《しごと》真《ま》っ最中《さいちゅう》!」って感《かん》じで、黒《くろ》ぶちメガネと黒《くろ》っぽいスーツを着《き》て、机《つくえ》にはぶ厚《あつ》い手帳《てちょう》を開《ひら》きながら、忙《いそが》しそうにケータイでメールをチェックしていた。

そんな六人《にん》で机《つくえ》を囲《かこ》んで、ミーティングを始《はじ》めたんだけど……。


『えーーーっ!! さくらちゃんドラマに出《で》るのーーー!?』


さくらちゃんが今度《こんど》テレビドラマへ出演《しゅつえん》すると聞《き》いて、みんな、びっくり。

ドラマへ出《で》るってことは、テレビカメラの前《まえ》で演技《えんぎ》をするってこと。

さくらちゃんは恥《は》ずかしそうに、肩《かた》をすくめる。

「お芝居《しばい》はまだ全然《ぜんぜん》、自信《じしん》ないんだけどね……」

「すっご～い」

未来《みらい》と七海《ななみ》ちゃんは目《め》を星《ほし》にして、身《み》を乗《の》り出《だ》す。

「歌《うた》だけでなく、ドラマにも出《で》られるなんて、さくらさんは本当《ほんとう》にすごいですね」

メガネのフレームに手《て》を当《あ》て大樹《たいき》はびしっと言《い》った。

「へぇ～T3《ティースリー》のメンバーがドラマに出《で》るのか～」

僕《ぼく》は驚《おどろ》いて口《くち》を開《ひら》いた。

「すっごいなぁ～どんな役《やく》やるのぉ？」

七海《ななみ》ちゃんがさくらちゃんにたずねる。

さくらちゃんはピンクのバッグをひざに載《の》せると、ゴソゴソと水色《みずいろ》の本《ほん》を取《と》り出《だ》した。

表紙《ひょうし》には『出雲《いずも》のちいさな本屋《ほんや》さん』と書《か》いてある。

「小学《しょうがく》五年生《ねんせい》の役《やく》なんだけどね」

「そ、それ、まさか、本物《ほんもの》のテレビドラマの台本《だいほん》っ！」

未来《みらい》が勢《いきお》いよく立《た》ち上《あ》がる。七海《ななみ》ちゃんがおずおずと言《い》う。

「見《み》せてもらえたら、うれしいんだけど……」

「ほんとは、まだ誰《だれ》にも見《み》せちゃいけないんだけど……」

さくらちゃんはちょっと困《こま》った顔《かお》になって佐川《さがわ》さんを見《み》た。

「内緒《ないしょ》にしておいてくださいね、制作発表会《せいさくはっぴょうかい》まではあと一週間《いっしゅうかん》あるの。それからは話《はな》してもらっても構《かま》わないんだけど」

「了解《りょうかい》っ！　一週間《いっしゅうかん》ね」

僕《ぼく》らは佐川《さがわ》さんとさくらちゃんに敬礼《けいれい》！

さくらちゃんが、ワクワク顔《がお》の七海《ななみ》ちゃんに台本《だいほん》を手渡《てわた》した。

「はい、どうぞ」

「すっごぉ〜い！　これが台本《だいほん》なのねぇ」

真剣《しんけん》な顔《かお》で、七海《ななみ》ちゃんは台本《だいほん》を開《ひら》いた。

僕《ぼく》は七海《ななみ》ちゃんの横《よこ》から台本《だいほん》をのぞきこんだ。

最初《さいしょ》にプロデューサーやディレクターなどの名前《なまえ》が書《か》いてある。次《つぎ》は出演者《しゅつえんしゃ》の名前《なまえ》と所《しょ》属《ぞく》プロダクション、担当《たんとう》のマネージャーの名前《なまえ》まで。さくらちゃんの名前《なまえ》のところには、もちろん佐川《さがわ》さんの名前《なまえ》があった。

それからスポンサーの会社名《かいしゃめい》やらなんやらあって、脚本《きゃくほん》がびしっと始《はじ》まる。

役名《やくめい》の下《した》に、セリフがいっぱい並《なら》んでいる。

場所《ばしょ》や時間《じかん》、天気《てんき》などが書《か》かれているト書《が》きが、その間《あいだ》にぽつんぽつんと入《はい》っている。

「こういうのを見《み》て、セリフを覚《おぼ》えるんだ」

僕《ぼく》は思《おも》わずつぶやいた。

なんかすごい勉強《べんきょう》の得意《とくい》な子《こ》のノートみたい。

『☆注意《ちゅうい》！　気持《きも》ちをこめて』

『ここはハッキリと』

などなど、赤《あか》ペンでびっしりと書《か》きこまれていた。

さくらちゃんはニコッと笑《わら》ってうなずく。

「ドラマは島根県《しまねけん》の松江《まつえ》にある古本屋《ふるほんや》さんのお話《はなし》で、私《わたし》はそこへ記憶喪失《きおくそうしつ》の状態《じょうたい》で現《あらわ》れるお客《きゃく》さんの役《やく》なの」

「き・お・く・そ・う・し・つ・って？」

未来《みらい》がポカーンとして聞《き》き返《かえ》す。

「ドラマやアニメでは、過去《かこ》のできごとや自分《じぶん》に関《かん》する記憶《きおく》を思《おも》い出《だ》せない状態《じょうたい》のことですね。実際《じっさい》の医学的症状《いがくてきしょうじょう》とは少《すこ》し違《ちが》う場合《ばあい》が多《おお》いようですが」

と大樹《たいき》。

七海《ななみ》ちゃんは「へぇ～」と頬《ほお》に手《て》を当《あ》てた。

「記憶喪失《きおくそうしつ》か……。それって、演《えん》じるのが大変《たいへん》じゃない？」

さくらちゃんは、テーブルの上《うえ》に置《お》いていた手《て》をきゅっと握《にぎ》った。

「たぶん。この役《やく》は難《むずか》しいだろうと思《おも》うの。正直《しょうじき》、まだ自信《じしん》がないんだけど、持《も》てる力《ちから》のすべてをつぎこんでがんばらなくちゃ！」

きらっと、さくらちゃんのひとみが、太陽《たいよう》の光《ひかり》を受《う》けて宝石《ほうせき》のように輝《かがや》く。

「これが夢《ゆめ》への第一歩《だいいっぽ》でもあるんだから、私《わたし》はちょーがんばる！」

さくらちゃんは続《つづ》けた。

あれ、そうなの？

さくらちゃんの夢《ゆめ》って「アイドルになりたい」ってことだったんじゃ？

だから、もう夢《ゆめ》はかなっちゃっていると僕《ぼく》はてっきり思《おも》いこんでいた。

「夢《ゆめ》への第一歩《だいいっぽ》？」

「そうよ、将来《しょうらい》はハリウッド映画《えいが》に出《で》られるような女優《じょゆう》さんになりたいんだもん！」

さくらちゃんは僕《ぼく》の目《め》をまっすぐ見返《みかえ》しながら、きっぱり言《い》った。

『えーーっ!!　さくらちゃん、ハリウッド映画《えいが》を目指《めざ》しているのーーー!?』

女子二人《じょしふたり》はドンと爆発《ばくはつ》するように盛《も》り上《あ》がる。

「そそそっ、そんなすごいっ！　ぶ、舞台《ぶたい》は世界《せかい》なんて〜〜」

口《くち》を「うわぁ」と開《あ》けたまま未来《みらい》がのけぞる。七海《ななみ》ちゃんが胸《むね》の前《まえ》で両手《りょうて》を握《にぎ》って、大《おお》きくうなずいた。

「アメリカかぁ。すてき……パパが春休《はるやす》みに行《い》かないかって言《い》っていたから、その時《とき》ハリウッドに寄《よ》ってもらうように頼《たの》んじゃおうかしら〜」

大樹《たいき》はすっとメガネの真《ま》ん中《なか》に手《て》を当《あ》てた。

「さくらさんならできますよ、きっと。最近《さいきん》は日本《にほん》の俳優《はいゆう》さんがアメリカ映画《えいが》に出演《しゅつえん》することも多《おお》いようですから」

さくらちゃんは、大樹《たいき》に向《む》かって、ビシッと人差《ひとさ》し指《ゆび》を立《た》ててみせた。

「そうだよね、大樹君《たいきくん》！　がんばっていれば、いつか願《ねが》いはかなうよねっ」

「ええ。自分《じぶん》が『そうしたい』と思《おも》ったことは、必《かなら》ず実現《じつげん》しますよ」

大樹《たいき》の表情《ひょうじょう》には、自信《じしん》というか余裕《よゆう》というか、とにかくそういうものが感《かん》じられる。

「大樹君《たいきくん》にはそういう経験《けいけん》があるの？」

遠慮《えんりょ》がちに大樹《たいき》は首《くび》を横《よこ》に振《ふ》る。

「さくらさんの夢《ゆめ》に比《くら》べれば僕《ぼく》の経験《けいけん》なんて小《ちい》さなものですが……僕《ぼく》はT3《ティースリー》に入《はい》ってから何度《なんど》もそんなことがあったので……夢《ゆめ》を実現《じつげん》させるのって『想《おも》い』が重要《じゅうよう》なんじゃないかなって感《かん》じているんです」

さくらちゃんはうんうんとうなずいた。

すっごいなぁ、アメリカで映画《えいが》に出演《しゅつえん》するのが夢《ゆめ》なんて……。

そう思《おも》った瞬間《しゅんかん》、一人《ひとり》の女《おんな》の子《こ》の顔《かお》が脳裏《のうり》に浮《う》かんだ。

前髪《まえがみ》を眉《まゆ》のところでそろえて、後《うし》ろに長《なが》い髪《かみ》をたらしている女《おんな》の子《こ》。フリルがたくさんついた魔法使《まほうつか》いのような感《かん》じの服《ふく》が妙《みょう》に似合《にあ》う、抜《ぬ》けるように色白《いろじろ》の女《おんな》の子《こ》。

萌《もえ》。

京都《きょうと》に住《す》んでいる川勝萌《かわかつもえ》だ。

萌《もえ》のお母《かあ》さんは僕《ぼく》の父《とう》さんのお姉《ねえ》さん。小《ちい》さい頃《ころ》から、なにかといえば一緒《いっしょ》に遊《あそ》んだ仲《なか》良《よ》しの、僕《ぼく》のいとこなんだ。

萌《もえ》は、関西《かんさい》・トラベル・チーム（Kansai Travel Team）略《りゃく》して『KTT《ケーティーティー》』ってチームにも入《はい》って活動《かつどう》している。萌《もえ》、私鉄好《してつず》きの上田凛《うえだりん》、鉄道《てつどう》の音《おと》を録《と》るのが大好《だいす》きな岡本《おかもと》みさき、と三人《にん》しかいないけれど、みんなめちゃくちゃ個性的《こせいてき》で楽《たの》しいメンバーだ。

その萌《もえ》の夢《ゆめ》が、ピアニストになること。

「いつか海外《かいがい》でも演奏《えんそう》できるようになりたい」

「大人《おとな》になったら海外《かいがい》を回《まわ》るピアニストになる」

萌《もえ》がそう言《い》っていたのを、僕《ぼく》は聞《き》いたことがある。

萌《もえ》のお母《かあ》さんも、ピアノのためにヨーロッパへ留学《りゅうがく》していたんだって。

だから、萌《もえ》は生《う》まれた時《とき》から、ピアノの音《おと》を聴《き》いて育《そだ》った。

そして四歳《さい》の頃《ころ》からピアノを弾《ひ》きはじめた。

おばさんはいつもはとてもやさしいんだけど、ピアノのこととなるとめちゃくちゃ厳《きび》しくなる。僕《ぼく》も一度《ど》、レッスンしているところをのぞいたことがあったけど、萌《もえ》が「あれは鬼《おに》や」という気持《きも》ちもちょっとわかるような気《き》がする。

だけど、萌《もえ》もめげたりはしない。

ピアノも好《す》きだし、ものすごい負《ま》けず嫌《ぎら》いだから、グッと歯《は》を食《く》いしばって「絶対《ぜったい》にやったるわ！」ってあきらめない。

ここ数年《すうねん》は京都府内《きょうとふない》のピアノコンクールで、何度《なんど》か一位《い》を取《と》ったって、喜《よろこ》んでいた。

この間《あいだ》、電話《でんわ》をした時《とき》に、そろそろ次《つぎ》のコンクールが近《ちか》いとも言《い》っていた。

「さくらちゃん、萌《もえ》のこと、覚《おぼ》えている？」

「もちろん！　萌《もえ》ちゃんって九州《きゅうしゅう》で初《はじ》めて出会《であ》った時《とき》に、あのSL《エスエル》人吉《ひとよし》に一緒《いっしょ》に乗《の》った、雄太君《ゆうたくん》のいとこの女《おんな》の子《こ》だよね？」

「そうそう、容赦《ようしゃ》なくバシバシ突《つ》っこみ入《い》れていた女《おんな》の子《こ》」

「ああ、あの突《つ》っこみはすごかったね」

僕《ぼく》らは目《め》を合《あ》わせて笑《わら》い合《あ》った。

大樹《たいき》と僕《ぼく》が九州《きゅうしゅう》で、朝寝坊《あさねぼう》して遅刻《ちこく》しそうになって困《こま》っていたさくらちゃんと出会《であ》った時《とき》、萌《もえ》も一緒《いっしょ》にいたのだった。電車好《でんしゃず》きならではの知恵《ちえ》と知識《ちしき》をいかして、さくらちゃんがなんとかライブ会場《かいじょう》に間《ま》に合《あ》うようにし、それから三人《にん》で協力《きょうりょく》し合《あ》って、おじいちゃんとおばあちゃんにさくらちゃんがメッセージを送《おく》れるように、手伝《てつだ》ってあげたんだ。

関西《かんさい》のオープンなノリの萌《もえ》は、初対面《しょたいめん》のさくらちゃんにもビシッと突《つ》っこんでいた。

「萌《もえ》も、ピアニストとして世界《せかい》で活躍《かつやく》するのが夢《ゆめ》なんだよ」

「す、すごぉ〜いっ」

「毎日《まいにち》、その夢《ゆめ》のために何時間《なんじかん》も練習《れんしゅう》しているんだって」

「すてき。……うれしいな。そういう子《こ》がいるって。そしてその子《こ》に、私《わたし》がもう出会《であ》って
いるなんて、感激《かんげき》」

さくらちゃんがニコッと笑《わら》った。

その時《とき》、ぴんとひらめいた。萌《もえ》にも、さくらちゃんが同《おな》じような夢《ゆめ》を追《お》いかけているっ
てことを聞《き》かせてあげたら、どんなに喜《よろこ》ぶだろうって。

「ちょっと萌《もえ》に電話《でんわ》してみようか？」

みんなも一度《ど》は萌《もえ》に会《あ》っている鉄友《てつとも》だから、

『さんせーい！』

と、すぐに手《て》を挙《あ》げてくれる。

ポケットからケータイを取《と》り出《だ》して、電話帳《でんわちょう》から「萌《もえ》」を探《さが》してボタンを押《お》す。

ピピピッと発信音《はっしんおん》が鳴《な》るのを確認《かくにん》したら「スピーカー」ボタンを押《お》してテーブルの真《ま》ん
中《なか》へと置《お》く。

こうするとみんなで話《はなし》ができるってわけ。

みんなで顔《かお》を合《あ》わせながら、萌《もえ》が驚《おどろ》くのを楽《たの》しみにした。

数秒《すうびょう》してガチャリと電話《でんわ》を取《と》る音《おと》がした。

「お〜い、萌《もえ》〜」

口《くち》の横《よこ》に手《て》を当《あ》てて呼《よ》ぶ。

《……はぁ……なんか用《よう》？》

あれ？

いつもなら元気《げんき》いい声《こえ》が返《かえ》ってくるのに、今日《きょう》はどうしたんだろう。

あんまり力《ちから》が感《かん》じられない。

でも、さくらちゃんが一緒《いっしょ》だって聞《き》いたらテンションも上《あ》がるよねっ。

「今《いま》さぁ、森川《もりかわ》さくらちゃんがエンドートラベルに来《き》ているんだよ〜」

「萌《もえ》ちゃん〜!!　さくらだよ、元気《げんき》〜？」

《……………………》

さくらちゃんが呼《よ》んだのに、返事《へんじ》がない。

声《こえ》が聞《き》こえなかったのかな。

顔《かお》を見合《みあ》わせた未来《みらい》は、「あれ？」って首《くび》をかしげてから話《はな》しかける。

「萌《もえ》ちゃん久《ひさ》しぶり！　未来《みらい》だよ」

「こんにちは。七海《ななみ》です。今日《きょう》はT3《ティースリー》のミーティングなんだよ～。KTT《ケーティーティー》は、最近《さいきん》集《あつ》まってるのぉ？」

未来《みらい》や七海《ななみ》ちゃんが聞《き》いても、じっと黙《だま》りこくったまま。

どうしたんだろう。

僕《ぼく》は口《くち》に両手《りょうて》を当《あ》てて、今《いま》まで以上《いじょう》に大《おお》きな声《こえ》を出《だ》す。

「今《いま》さぁ、さくちらゃんの夢《ゆめ》がハリウッドの映画《えいが》に出《で》ることだって聞《き》いて、それだったらピアノ演奏《えんそう》で海外《かいがい》を回《まわ》るのが夢《ゆめ》の萌《もえ》と同《おな》じだって思《おも》って、電話《でんわ》したんだ！」

「萌《もえ》ちゃん、世界的《せかいてき》なピアニストになるのが夢《ゆめ》ってすごいよね！　お互《たが》いがんばろ――うね!!」

萌《もえ》には見《み》えないけど、さくらちゃんは、ぎゅっと握《にぎ》った右手《みぎて》を上《うえ》に突《つ》き出《だ》している。

その時《とき》だった。蚊《か》の鳴《な》くような声《こえ》がケータイからもれ出《で》た。

《……世界《せかい》を回《まわ》れるようなピアニストかぁ……》

声《こえ》の中《なか》に深《ふか》いため息《いき》が混《ま》じっている。

「なっ、なに？　どうしたの、萌《もえ》」

僕《ぼく》は首《くび》をかしげた。こんな萌《もえ》の声《こえ》、聞《き》いたことがない。

萌《もえ》のつぶやきが続《つづ》く。

《……世界的《せかいてき》なピアニストになるっちゅうのは、そんな簡単《かんたん》なことやないんや。めっちゃ難《むずか》しいんや……》

萌《もえ》の声《こえ》は消《き》え入《い》りそうなほど……。

「でも、萌《もえ》はがんばっているんだろ？」

《……がんばるなんて、どうでもいいことなんや。練習《れんしゅう》するなんて当《あ》たり前《まえ》のことなんやから。がんばろうが、がんばらまいが、コンクールで優勝《ゆうしょう》する人《ひと》は一人《ひとり》しかおらへんのやからっ！》

これまでとは一転《いってん》、萌《もえ》はすごくきつい調子《ちょうし》で言《い》い返《かえ》す。

大樹《たいき》がテーブルに体《からだ》を乗《の》り出《だ》した。

「大樹《たいき》です。先日《せんじつ》の福岡《ふくおか》での結婚式《けっこんしき》で演奏《えんそう》された、メンデルスゾーンの結婚行進曲《けっこんこうしんきょく》は素晴《すば》らしかったです。萌《もえ》さんの弾《ひ》かれるピアノはやさしさと強《つよ》さが感《かん》じられて、僕《ぼく》はとても感《かん》動《どう》しました。今度《こんど》また機会《きかい》があったらぜひ聴《き》かせてくださいね」

あの九州旅行《きゅうしゅうりょこう》の時《とき》、父《とう》さんの妹《いもうと》である里美《さとみ》お姉《ねえ》ちゃんの結婚式《けっこんしき》に、大樹《たいき》は一緒《いっしょ》に出席《しゅっせき》して、萌《もえ》の弾《ひ》くピアノ演奏《えんそう》を聴《き》いたのだ。

《……ありがとう……》

それっきりまた無言《むごん》。

あ、もしかして……。

「この前《まえ》のコンクール、ダメだったのか？」

《うっ!?》

一度《ど》うなったきり、萌《もえ》はまた沈黙《ちんもく》。

まさか、図星《ずぼし》？

「失敗《しっぱい》したからって……そんなに気《き》にするなよ。ちょっと成績《せいせき》が悪《わる》かったかもしれないけど大樹《たいき》の言《い》う通《とお》り、萌《もえ》はピアノうまいんだからさ。きっと、次《つぎ》のコンクールでは優勝《ゆうしょう》できるって！　それにさぁ——」

僕《ぼく》が元気《げんき》を出《だ》してもらいたくて、ちょっと明《あか》るい声《こえ》で言《い》った。

だが、萌《もえ》は大《おお》きな声《こえ》でぴしゃりと叫《さけ》んだ。

《うるさ——い!!》

みんな思《おも》わず身《み》を引《ひ》いたほどの大声《おおごえ》だった。

《そんなん、ピアノのことなんも知《し》らんのに！　適当《てきとう》なこと言《い》わんといてよっ！》

気《き》の強《つよ》いところがあるから、きついことを言《い》う時《とき》もあるけれど、こんなに突然怒《とつぜんおこ》りだすなんて、初《はじ》めてだ。

みんなが心配《しんぱい》そうに、僕《ぼく》を見《み》る。

かっと僕《ぼく》の顔《かお》が赤《あか》くなるのがわかった。

「機嫌《きげん》が悪《わる》いからって、僕《ぼく》に当《あ》たらなくたっていいだろ！」

次《つぎ》の瞬間《しゅんかん》、火《ひ》に油《あぶら》をそそぐことになったことを知《し》った。

「うちは機嫌《きげん》が悪《わる》いんとちゃうわ！　こっちはなぁ、ゆ～くんみたいにヘロヘロと電車《でんしゃ》にさえ乗《の》ってられたら『幸《しあわ》せ～』ちゅう、お気楽人生《きらくじんせい》ちゃうねん！」

萌《もえ》が鋭《するど》く言《い》い放《はな》つ。

誰《だれ》が、お気楽人生《きらくじんせい》なんだよっ!?

T3《ティースリー》のメンバーに言《い》われたんだったら笑《わら》い話《ばなし》ですむかもしれないけど、こんなところで、こんなふうに、いとこの萌《もえ》に言《い》われたら、僕《ぼく》だってやっぱり黙《だま》ってはいられない。

心《こころ》にボッと怒《いか》りの炎《ほのお》が燃《も》えあがった。

「なんだよっ！　せっかくこっちが電話《でんわ》してやったのに、どうしていきなり『ヘロヘロと電車《でんしゃ》に乗《の》って』とか言《い》われなきゃいけないんだよっ。そっちだって、ポロンポロンとピアノ弾《ひ》いているだけじゃないか！」

「ちょ、ちょっと雄太君《ゆうたくん》！」

隣《となり》に座《すわ》っていた七海《ななみ》ちゃんが、ヒートアップする僕《ぼく》の服《ふく》のそでをぐいっと引《ひ》っ張《ぱ》る。

だけど、そこは遠慮《えんりょ》なしのいとこゲンカ、簡単《かんたん》には止《と》まらない。

まさに売《う》り言葉《ことば》に買《か》い言葉《ことば》だ。

《電話《でんわ》してやったとはなんや！　こっちかてな忙《いそが》しいとこを電話《でんわ》に出《で》てやったのに、突然《とつぜん》ピアノのことなんも知《し》らんくせに、あーだこーだ言《い》うて！　大《おお》きなお世話《せわ》やっちゅうねん！》

僕《ぼく》は立《た》ち上《あ》がった。もう座《すわ》ってなんかいられない。

「大《おお》きなお世話《せわ》だって!?　よく言《い》うよ。僕《ぼく》は萌《もえ》に喜《よろこ》んでもらおうと電話《でんわ》したのに」

《それがっ！　大《おお》きなお世話《せわ》やっちゅうねーーーん!!　人《ひと》に将来《しょうらい》の夢《ゆめ》のことをあれこれ言《い》うんやったら、ゆうくんかて『電車《でんしゃ》の運転《うんてん》』してから言《い》いや！》

萌《もえ》の叫《さけ》び声《ごえ》はスピーカーのボリュームいっぱいになり、ガガガッとノイズが入《はい》る。

「でっ、電車《でんしゃ》の運転《うんてん》!?」

《せやっ！　ゆうくんは電車《でんしゃ》の運転手《うんてんしゅ》になるのが夢《ゆめ》なんやろ？　せやけど、それに向《む》かっ

てなんにも努力《どりょく》してないやん》
「そっ、それは……その……電車《でんしゃ》に乗《の》ったりしているじゃん」
勝《か》ちほこったような、フンッという鼻息《はないき》が聞《き》こえる。
《電車《でんしゃ》に乗《の》るのはお客《きゃく》さんやろ？　運転手《うんてんしゅ》のための練習《れんしゅう》はなにしてんのや》
そうは言《い》うけど、ピアノと違《ちが》って電車《でんしゃ》の運転《うんてん》は、レッスンもなければ塾《じゅく》もない。
だいたい、そんなところがあれば喜《よろこ》んで行《い》っているよ。
そんなこと、萌《もえ》だって知《し》ってるくせに。
「……それは……その……なにもしてないけど……」
《せやろう〜？　しゃ〜から『ヘロヘロと電車《でんしゃ》に乗《の》ってりゃ幸《しあわ》せなんやろ？』ちゅうてん。うちはなぁ、ちゃ〜んとピアノの練習毎日《れんしゅうまいにち》してて、自分《じぶん》の夢《ゆめ》に向《む》かって毎日《まいにち》めっちゃ努力《どりょく》してんねんやっ！　ゆうくんとは全然《ぜんぜん》、違《ちが》うんや。なんもやってない人《ひと》に、なんやかんや言《い》われたくないわっ。せやからゆうくんには、そんなこと言《い》う資格《しかく》がないって、ゆうてんねん》
それはそうかもしれないけど、なにもそこまでっ！

プチンと切《き》れるのが自分《じぶん》でもわかった。

「言《い》っていいことと悪《わる》いことがわかんないって、萌《もえ》のことだな！　――もう許《ゆる》さないぞぉおお！」

《はっ、許《ゆる》さへんねんやったらどうすんねん？　ゆうくん今《いま》から京都《きょうと》まで来《く》るんかぁ？》

その時《とき》、大樹《たいき》がすっと僕《ぼく》の目《め》の前《まえ》に、待《ま》ってというように手《て》を出《だ》した。

「なっ、なんだよっ……大樹《たいき》」

大樹《たいき》は、口《くち》の前《まえ》に人差《ひとさ》し指《ゆび》を当《あ》てて「黙《だま》って」とサインを出《だ》す。

僕《ぼく》の右手《みぎて》をさくらちゃん、左手《ひだりて》を七海《ななみ》ちゃんに引《ひ》かれたため、僕《ぼく》はすとんと椅子《いす》に座《すわ》った。

「萌《もえ》ちゃんに言《い》い過《す》ぎよっ」

「男《おとこ》らしくなか、雄太君《ゆうたくん》」

二人《ふたり》に両側《りょうがわ》からキッとにらまれた。

……僕《ぼく》は悪《わる》くないのに。

プゥと口《くち》をとがらせていると、腕組《うでぐ》みをした未来《みらい》はふうっと笑《わら》った。

「まぁまぁ、雄太《ゆうた》。落《お》ち着《つ》いて。萌《もえ》ちゃんがこうなっちゃうことって、めったにないんでしょ？」

ケータイに入《はい》らないような小《ちい》さな声《こえ》で言《い》う。

「……まっ、そうだけど……」

確《たし》かに、みんなの前《まえ》でこんなになるのは、初《はじ》めてかもしれない。

「じゃあ、よほどのことがあったんだよ」

未来《みらい》に穏《おだ》やかに言《い》われて、僕《ぼく》はちょっと心《こころ》が落《お》ち着《つ》いた。

「萌《もえ》さん、本当《ほんとう》にゴメンなさい。僕《ぼく》もピアノについてまったく知《し》らないのに、あんなことを言《い》ってしまって……」

大樹《たいき》の声《こえ》が響《ひび》く。

《たっ、大樹君《たいきくん》？　いや……その……あれはゆうくんに言《い》うただけで、別《べつ》に大樹君《たいきくん》に言《い》ったんやないんよ》

なんだよ？　大樹《たいき》と僕《ぼく》では対応《たいおう》がえらい違《ちが》うじゃないか？

「でも僕《ぼく》は、萌《もえ》さんの弾《ひ》くピアノに本当《ほんとう》に感動《かんどう》しました」

《……大樹君《たいきくん》》

「萌《もえ》さんの演奏《えんそう》には、聴《き》く人《ひと》の心《こころ》を打《う》つなにかがあると思《おも》います」

少《すこ》し黙《だま》ったあと、萌《もえ》はぎこちなく言《い》った。

《あっ、ありがとう……お世辞《せじ》でもうれしい……》

「いえ、本当《ほんとう》のことですから」

大樹《たいき》は微笑《ほほえ》んだ。

それから萌《もえ》はまた大《おお》きな声《こえ》で言《い》った。

《ゆうくんも少《すこ》しは大樹君《たいきくん》のこと見習《みなら》いやっ！　まったくデリカシーっちゅうもんがゼロ

なんやから。せやから、いつまでたってもお子《こ》ちゃまやちゅうねん！》

なっ、なに～!?

ガバッと立《た》ち上《あ》がろうとしたが、七海《ななみ》ちゃんとさくらちゃんは僕《ぼく》の腕《うで》を離《はな》さない。

もう、しゃべっちゃダメ。

そう言《い》っているみたいに、二人《ふたり》は厳《きび》しい顔《かお》でブルブルと首《くび》を横《よこ》に振《ふ》っている。

それから僕《ぼく》以外《いがい》の全員《ぜんいん》がせーの、みたいに声《こえ》を合《あ》わせて言《い》った。

『萌《もえ》ちゃ～ん、またね～』

《……うん……また今度《こんど》な……》

そこでケータイが切《き》れた。

2　春《はる》の旅《りょ》行《こう》先《さき》は、決《き》まり！

「ったく！」

ケータイが切《き》れたあと、僕《ぼく》がそう言《い》ってため息《いき》をつくと、さくららちゃんが僕《ぼく》を軽《かる》くにらんだ。

「せっかく大《たい》樹《き》君《くん》が、なんとか萌《もえ》ちゃんの気《き》持《も》ちを落《お》ち着《つ》かせてまとめてくれたのに、どうして、また火《ひ》を点《つ》けようとするのよ？」

「だって、僕《ぼく》だけが悪《わる》いんじゃないもん。電《でん》車《しゃ》を運《うん》転《てん》する練《れん》習《しゅう》なんて、できっこないことを持《も》ち出《だ》して、萌《もえ》は電《でん》車《しゃ》好《ず》きの僕《ぼく》を、バカにしたんだよ？　他《ほか》のことだったらいいけど、電《でん》車《しゃ》のことだけは許《ゆる》せないよ」

口《くち》をとんがらせて僕《ぼく》は言《い》った。

「別《べつ》に萌《もえ》ちゃんはバカになんかしてないんじゃない？」

「そうかな？　でも何度《なんど》も『ヘロヘロ』とか言《い》うし……」

七海《ななみ》ちゃんがその時《とき》、ぽつんとつぶやいた。

「きっと、萌《もえ》ちゃん、今《いま》は少《すこ》しだけ自《じ》信《しん》をなくしちゃって傷《きず》ついているのよぉ。だから、その傷口《きずぐち》が治《なお》るまでそっとしておいてほしかったんじゃないかしら」

「私《わたし》も七海《ななみ》ちゃんの言《い》う通《とお》りだと思《おも》う。……そういうことってあるんだよね。夢《ゆめ》を追《お》いかけていると……」

僕《ぼく》ははっとしてさくらちゃんの顔《かお》を見《み》つめた。

大人気《だいにんき》のアイドルで夢《ゆめ》をたくさんかなえちゃっている、さくらちゃんが、萌《もえ》と共感《きょうかん》するなんて思《おも》いもしなかった。

「私《わたし》だって、最初《さいしょ》から『F5《エファ》』のメンバーになれたわけじゃないから……ずっと長《なが》い間《あいだ》、願《ねが》い続《つづ》けてやっとのことでこうなれたんだもん。ね、佐川《さがわ》さん」

マネージャーの佐川《さがわ》さんがうなずく。

「さくらは幼稚園《ようちえん》の頃《ころ》から、『アイドルになりたい！』ってタレントスクールという塾《じゅく》に通《かよ》って歌《うた》と踊《おど》りとお芝居《しばい》の練習《れんしゅう》をしていたんです。それで何度《なんど》も何度《なんど》もいろんなオーディションを受《う》けたんですけれど、そのたびに落《お》ちて……もうアイドルは無理《むり》かもしれないって絶望《ぜつぼう》したこともあったんですって」

「えっ!?　さくらちゃんみたいにかわいい子《こ》が、落《お》ちるなんてあるの？」

驚《おどろ》いた未来《みらい》は、思《おも》わずカメラから顔《かお》を上《あ》げた。

「そりゃそうだよぉ。かわいい子《こ》もスタイルがいい子《こ》も、いくらでもいるもの。アイドルになるには、ごあいさつ、ダンス、歌《うた》、ポージング、質問《しつもん》に対《たい》する受《う》け答《こた》えとか、いろいろなことがちゃんとできて、その上《うえ》、審査員《しんさいん》やお客様《きゃくさま》に訴《うった》えるなにかがないとダメなの」

さくらちゃんが言《い》うと、佐川《さがわ》さんはうなずいた。

「アイドルになっても、終《お》わりじゃないんです。いえ、そこからのほうがもっと厳《きび》しいかもしれないわね。この世界《せかい》には次々《つぎつぎ》に若《わか》い子《こ》が集《あつ》まってきてF5《エファ》の座《ざ》を狙《ねら》っているの。人気《にんき》は水《みず》ものだから、今《いま》すごい人気《にんき》があっても、気《き》を抜《ぬ》けばあっという間《ま》に人々《ひとびと》に忘《わす》れられてしまう。努力《どりょく》をし続《つづ》けて当《あ》たり前《まえ》。前《まえ》に前《まえ》に進《すす》んでいくしかないんです。さくらも、今《いま》でも歌《うた》やダンスのレッスンに一所懸命通《いっしょけんめいかよ》っているし、芝居《しばい》の先生《せんせい》にもついている。それでも大丈夫《だいじょうぶ》だって、誰《だれ》も保証《ほしょう》できない。それがこの世界《せかい》なんです」

さくらちゃんが、わかってるというようにうなずいた。

「どんなに練習《れんしゅう》でうまくやれていても、オーディションの当日《とうじつ》にたまたまうまくできなかっただけで『落選《らくせん》』になってしまう。その時《とき》の気持《きも》ち、私《わたし》、すごくわかる……どんなに萌《もえ》ちゃんが悔《くや》しかっただろうって、想像《そうぞう》できる……」

「……そっか」

「オーディションが終《お》わって落選《らくせん》が決《き》まってから、『練習《れんしゅう》ならうまくやれたんだ』『もう一《いち》度《ど》やらせてもらったらうまくいったのに』とかいろんなことが頭《あたま》に浮《う》かぶの。『あんなに練習《れんしゅう》したのに、成功《せいこう》しないなんて、もう私《わたし》はダメかもしれない。才能《さいのう》がないのかもしれない』『あの人《ひと》たちよりうまくはなれないかもしれない』って、ものすごく不安《ふあん》になったこともあったな。そういう時《とき》は……やっぱり少《すこ》しほっておいてほしいかもね」

その微笑《ほほえ》みはとっても大人《おとな》っぽくって、僕《ぼく》は思《おも》わずドキリとした。

「わかったよ。何日《なんにち》かしたら萌《もえ》に電話《でんわ》で謝《あやま》っておくよ」

そう言《い》った僕《ぼく》の肩《かた》を、さくらちゃんはポンとたたいた。

「うん、そういう素直《すなお》なとこが、雄太君《ゆうたくん》はかっこいいね！」

その時《とき》、七海《ななみ》ちゃんは「そうだっ」と手《て》をパチンと鳴《な》らした。

「ねぇ。雄太君《ゆうたくん》が、運転手《うんてんしゅ》としてがんばっている、ってとこを見《み》せてあげたらどうかしら！」

『えーーっ!?』

みんなは七海《ななみ》ちゃんの顔《かお》を見《み》つめた。

一見良《いっけんよ》さそうだけれど、実《じつ》は変《へん》なアイデア。

僕《ぼく》だって、運転手《うんてんしゅ》になれる塾《じゅく》があるならとっくに通《かよ》っているよ。

だが大樹《たいき》だけは「……なるほど」と自分《じぶん》のケータイでインターネットにアクセス。

大樹《たいき》も最近《さいきん》、自分専用《じぶんせんよう》のケータイを買《か》ってもらったので、これでついにT３《ティースリー》は全員《ぜんいん》ケータイ持《も》ちになったのだ。

「でも、そんなこと本当《ほんとう》にできるの？　どんな電車《でんしゃ》に乗《の》ったとしても、『運転手《うんてんしゅ》』の練習《れんしゅう》をしているとはなかなか思《おも》ってもらえないでしょ？」

そう言《い》った未来《みらい》に、さくらちゃんが答《こた》える。

「少《すこ》し前《まえ》に行《い》った京王電鉄《けいおうでんてつ》の『京王《けいおう》れーるランド』にあったシミュレーションはどうかな。

あいうものだったら、まだ他《ほか》にもあるよね？」

冬休《ふゆやす》みの少《すこ》し前《まえ》に僕《ぼく》と未来《みらい》、七海《ななみ》ちゃんとさくらちゃんは京王線《けいおうせん》、多摩動物公園駅《たまどうぶつこうえんえき》にある『京王《けいおう》れーるランド』ってところにT3《ティースリー》で行《い》ってきたのだ。大樹《たいき》は風邪《かぜ》で不参加《ふさんか》だったのが残念《ざんねん》だったけど。

そしてそこには電車《でんしゃ》の運転席《うんてんせき》を模《も》した運転《うんてん》シミュレーションがあって、まるで本物《ほんもの》みたいに遊《あそ》ぶことができたんだ。

「……運転《うんてん》シミュレーションだったらあるけど……」

「大宮《おおみや》の鉄道博物館《てつどうはくぶつかん》にもあったわよ。そういうのを必死《ひっし》で練習《れんしゅう》するのを見《み》せたら……」

力《ちから》をこめてそう言《い》った七海《ななみ》ちゃんに、僕《ぼく》は首《くび》を振《ふ》った。

「そんなことじゃ納得《なっとく》しないんじゃない？　だって、あれは萌《もえ》から見《み》ればゲームで遊《あそ》んでいるようにしか見《み》えないよ」

「そっかダメかぁ」

七海《ななみ》ちゃんがしょんぼり肩《かた》を落《お》とした。

佐川《さがわ》さんがおずおずと口《くち》を開《ひら》いたのはそのときだ。

「あっ、あの……。千葉《ちば》にあるどこかの鉄道会社《てつどうがいしゃ》で『訓練《くんれん》すると列車運転士《れっしゃうんてんし》の資格《しかく》が取《と》れる』ってネット記事《きじ》を見《み》たと思《おも》うんだけど……」

「千葉《ちば》にある鉄道《てつどう》で列車運転士《れっしゃうんてんし》の資格《しかく》？」

僕《ぼく》が聞《き》き返《かえ》すと、佐川《さがわ》さんは目《め》をキョロキョロと左右《さゆう》に激《はげ》しく動《うご》かした。

「えっ、ええ。そっ、そんなにくわしくは見《み》なかったんだけど……」

そんな佐川《さがわ》さんをさくらちゃんは上《うえ》から下《した》までなめるように見《み》つめる。

「も、もしかして、佐川《さがわ》さんって『鉄子《てつこ》』だったりして……」

「い、いやだっ、ななな、なにを言《い》っているのよ。そんなことあるわけないでしょ!?　あくまでもネットの話題《わだい》として知《し》っていただけ……です」

顔《かお》を真《ま》っ赤《か》にして答《こた》えた。

僕《ぼく》はあわててケータイを取《と》り出《だ》してネットへアクセス。

「キーワードは、千葉《ちば》の……鉄道《てつどう》……運転手《うんてんしゅ》……でいいかな？」

「検索《けんさく》」ってボタンに触《ふ》れると、すぐに候補《こうほ》が表示《ひょうじ》される。

そのうちの一《ひと》つにタッチして読《よ》む。

「うわっ⁉　本当《ほんとう》だ！」

驚《おどろ》いて思《おも》わず大声《おおごえ》が出《で》てしまった。

「えっ⁉　本当《ほんとう》に運転手《うんてんしゅ》さんになれるの？」

左《ひだり》から七海《ななみ》ちゃんが僕《ぼく》のケータイの画面《がめん》をのぞきこむ。やわらかいブラウンの髪《かみ》から花《はな》のような香《かお》りがふわっと漂《ただよ》った。

「千葉《ちば》にある『いすみ鉄道《てつどう》』ってとこで運転訓練《うんてんくんれん》をやっているのね」

記事《きじ》を七海《ななみ》ちゃんが声《こえ》を出《だ》して読《よ》んだ。

「応募資格《おうぼしかく》は東京近郊《とうきょうきんこう》に住《す》んでいて、運転手《うんてんしゅ》としての訓練《くんれん》に耐《た》えうるだけの学力《がくりょく》と体《からだ》があればよくって……年齢《ねんれい》は問《と》わないんだって〜」

すごいっ！

もしかしたら……僕《ぼく》も訓練《くんれん》に参加《さんか》できるかも。

そんな思《おも》いでドキドキしながら記事《きじ》を目《め》で追《お》っていたけど、その下《した》に現《あらわ》れた一文《いちぶん》を見《み》て
ガーーン。

無理《むり》！　絶対無理《ぜったいむり》！

「ひゃぁ〜〜〜っ」

僕《ぼく》の口《くち》からもれたのはそんな情《なさ》けない声《こえ》だった。

そこへさくらちゃんが右《みぎ》から首《くび》を突《つ》っこんだ。

「えっ、なに？」

七海《ななみ》ちゃんは「訓練費用《くんれんひよう》」の部分《ぶぶん》を見《み》つめたまま、さっきから固《かた》まっている。

そして、さくらちゃんと七海《ななみ》ちゃんが二人《ふたり》、見《み》つめ合《あ》い、同時《どうじ》に叫《さけ》んだ。


『なななななっ、七〇〇万円《まんえん》━━━!?』


びっくりするくらいに二人《ふたり》の息《いき》がぴったり。

「高《たか》すぎよぉ！」

「ぼんくらじゃなかん!?」

さくらちゃんは驚《おどろ》きすぎて博多弁《はかたべん》になってる。

たぶん、「バカじゃないの!?」って意味《いみ》？

「七〇〇万円《まんえん》じゃ、どう考《かんが》えても、父《とう》さんにお願《ねが》いできないね」

もう笑《わら》うしかない。

「へぇ～そんなに高《たか》いんだ……」

佐川《さがわ》さんも目《め》をみはった。

「……この訓練《くんれん》を受《う》けた四十代《だい》から五十代《だい》のサラリーマン四人《よにん》が、ディーゼル列車《れっしゃ》の運転《うんてん》資格《しかく》である『動力車操縦資格試験《どうりょくしゃそうじゅうしかくしけん》』に合格《ごうかく》したんだって」

僕《ぼく》は他《ほか》の記事《きじ》を読《よ》みながら続《つづ》ける。

「七〇〇万円《まんえん》払《はら》って、その資格《しかく》を取《と》ったんだ」

「すっごぉい！」

七海《ななみ》ちゃんは両手《りょうて》をパチンと打《う》った。

「そんなにも、電車《でんしゃ》を運転《うんてん》したかったのね。きっと、夢《ゆめ》だったのよ！」

未来《みらい》が感心《かんしん》したように言《い》った。

確《たし》かに。その気持《きも》ちは僕《ぼく》にもわかる。

でも、七〇〇万円《まんえん》はありえない。

一瞬《いっしゅん》、胸《むね》がときめいただけに、ちょっと僕《ぼく》は脱力《だつりょく》。

「バイクだって車《くるま》だって、小学生《しょうがくせい》じゃ、免許《めんきょ》を取《と》れないんだし、電車《でんしゃ》を運転《うんてん》するとなると、やっぱり、鉄道会社《てつどうがいしゃ》へ勤《つと》めるまで待《ま》たないとダメなのかも……」

「だよねぇ」

両手《りょうて》のひらを上《あ》げて、未来《みらい》は肩《かた》をすくめた。

「いや、まだあきらめるのは早《はや》いですよ」

その時《とき》、大樹《たいき》がメガネのフレームサイドに手《て》を当《あ》てながら言《い》った。

まさか、なにか方法《ほうほう》がある⁉

提案《ていあん》の主《ぬし》である七海《ななみ》ちゃんが身《み》を乗《の》り出《だ》した。

「えっ、大樹君《たいきくん》、どこかに電車《でんしゃ》の運転《うんてん》ができるところがあるの？」

「できます。これを見《み》てください」

テーブルの真《ま》ん中《なか》に大樹《たいき》は自分《じぶん》のケータイを置《お》いた。

ディスプレイに『一畑電車《いちばたでんしゃ》』とあった。

「ばたでん？」

そこにオレンジ色《いろ》で書《か》かれたひらがなの文字《もじ》を、未来《みらい》がゆっくり読《よ》んだ。

「一畑電車《いちばたでんしゃ》。地元《じもと》の人《ひと》からは親《した》しみをこめて『ばたでん』って呼《よ》ばれています。大正三年《たいしょうねん》から営業《えいぎょう》を開始《かいし》した鉄道《てつどう》で、運行区間《うんこうくかん》は四二・二〇キロ、駅数《えきすう》は二十六駅《えき》、保有車両《ほゆうしゃりょう》は二十両《りょう》という小《ちい》さな鉄道会社《てつどうがいしゃ》です」

ぽんと、大樹《たいき》がディスプレイをタッチする。

すると、トップページの一番上《いちばんうえ》の部分《ぶぶん》が変化《へんか》して、電車《でんしゃ》の運転席《うんてんせき》に座《すわ》る小学生《しょうがくせい》の画像《がぞう》が映《うつ》し出《だ》された。

『**体験運転《たいけんうんてん》!!**』

T3《ティースリー》全員《ぜんいん》が声《こえ》を合《あ》わせて、そこに現《あらわ》れた大《おお》きな文字《もじ》を読《よ》んだ。

これで盛《も》り上《あ》がらない鉄道《てつどう》ファンなんていない。

落《お》ち着《つ》けって自分《じぶん》に言《い》い聞《き》かせているのに、心臓《しんぞう》がどきどきしはじめた。

「でっ、でもさぁ。また、体験運転費用《たいけんうんてんひよう》が七〇〇万円《まんえん》とかするんじゃないの？」

さっきのこともあるから、さくらちゃんは心配《しんぱい》そうな顔《かお》で聞《き》いた。

「ちょっと待《ま》ってくださいね……」

ケータイを手《て》にして大樹《たいき》は、費用《ひよう》の部分《ぶぶん》を大《おお》きくした。

「えっと……小学生《しょうがくせい》以下《いか》は全員《ぜんいん》『キッズプラン』ってコースになるみたいです。それで……小学生《しょうがくせい》以下《いか》の参加者《さんかしゃ》は、保護者《ほごしゃ》の同伴《どうはん》が条件《じょうけん》で、八千円《はっせんえん》みたいですよ。お弁当《べんとう》はつかないので、自分《じぶん》で用意《ようい》しなくちゃいけないみたいですけど」

『はっ、八千円《はっせんえん》!?』

助《たす》かった。

本当《ほんとう》だったらゲーム一本《いっぽん》以上《いじょう》の値段《ねだん》なんだから「高《たか》っ!!」と思《おも》うところだけど、さっき七〇〇万円《まんえん》って聞《き》いたところだったから、すごくほっとしたんだ。

これなら、父《とう》さんに相談《そうだん》できる。

「すごい、すごいよっ」

幸《しあわ》せな気分《きぶん》がどっとこみあげてきた。

本物《ほんもの》の「電車《でんしゃ》の運転《うんてん》」なんて、大人《おとな》になるまで絶対《ぜったい》にできないと思《おも》っていた。

そして、これで萌《もえ》を元気《げんき》づけてあげられるかもしれないと思《おも》った。

こうなったら善《ぜん》は急《いそ》げだ！

「よしっ、来週《らいしゅう》の日曜日《にちようび》に行《い》こうぜ！　いいだろう、大樹《たいき》」

両手《りょうて》を突《つ》き上《あ》げて言《い》った。

だけど、大樹《たいき》はため息《いき》をつく。

「むぅう。ここはとってもいい鉄道会社《てつどうがいしゃ》なんだけど……。問題《もんだい》は場所《ばしょ》なんだ」

「場所《ばしょ》～？」

未来《みらい》がまばたきをした。大樹《たいき》は小《ちい》さくうなずく。

「実《じつ》は一畑電車《いちばたでんしゃ》は島根県《しまねけん》にあるんです」

「えっと、島根県《しまねけん》って……四国《しこく》だっけ？」

違《ちが》うよ、未来《みらい》！

大樹《たいき》も苦笑《くしょう》した。

「中国地方《ちゅうごくちほう》にある県《けん》で、前《まえ》に青春《せいしゅん》18きっぷで行《い》った、山口県《やまぐちけん》の少《すこ》し手前《てまえ》で広島県《ひろしまけん》の上《うえ》くらいにあります」

「そっかぁ。……ようするに遠《とお》いってことね」

おいおい、ざっくりすぎるだろ。

「山口《やまぐち》に行《い》った時《とき》のこと、覚《おぼ》えてるだろ？」

「あたっ!?」

僕《ぼく》は、未来《みらい》の頭《あたま》にチョンと突《つ》っこんだ。

未来《みらい》が笑《わら》いながら、こっちを見《み》た。

「山口《やまぐち》のことも、秋山《あきやま》さんのことも、もちろん、覚《おぼ》えてるわよ」

僕《ぼく》らは前《まえ》に、大樹《たいき》に鉄道《てつどう》の楽《たの》しさを教《おし》えてくれた秋山《あきやま》さんに会《あ》うために、新山口《しんやまぐち》まで、JR《ジェイアール》に一日《にち》乗《の》り放題《ほうだい》のきっぷ「青春《せいしゅん》18きっぷ」を使《つか》って行《い》ったことがあった。

深夜《しんや》0時《じ》に小田原《おだわら》から『ムーンライトながら』に乗《の》って大垣《おおがき》まで行《い》って、そこから各駅《かくえき》停車《ていしゃ》や快速《かいそく》を乗《の》り継《つ》いで、新山口《しんやまぐち》に着《つ》いたのは夕方《ゆうがた》すぎ。

大旅行《だいりょこう》だった。電車《でんしゃ》に乗《の》るのが大好《だいす》きな僕《ぼく》にとっては、最高《さいこう》の旅《たび》！

これだけ遠《とお》いと、父《とう》さんにだってなかなか連《つ》れていってとは言《い》いだせない。

T3《ティースリー》の今度《こんど》の旅行《りょこう》で行《い》けたりしたら、超《ちょう》ラッキーなんだけど……

でも、元《もと》はといえば、萌《もえ》と僕《ぼく》の問題《もんだい》から一畑電車《いちばたでんしゃ》に行《い》きついたんだから、僕《ぼく》からはちょっと提案《ていあん》しづらい。

未来《みらい》が僕《ぼく》に右目《みぎめ》でウィンクしたかと思《おも》うと、口《くち》を開《ひら》いた。

「だったら、春休《はるやす》みの旅行《りょこう》は一畑電車《いちばたでんしゃ》にしようよ！」

七海《ななみ》ちゃんがうなずいて、小《ちい》さなこぶしを突《つ》き出《だ》した。

「賛成《さんせい》！　私《わたし》もそうしたいと思《おも》っていたところ。未来《みらい》ちゃん、グッドアイデア！　グッジョブ！」

「あ、私《わたし》も行《い》きたい！　……行《い》っていいよね？」

さくらちゃんがそう言《い》って、佐川《さがわ》さんを見《み》た。

佐川《さがわ》さんはぶ厚《あつ》いシステム手帳《てちょう》をめくった。

「……三月二五日《がつにち》から三〇日《にち》までの間《あいだ》だったら、なんとかなるか……せっかく行《い》くなら、街《まち》の雰囲気《ふんいき》を思《おも》いきり感《かん》じてきて。今度《こんど》のドラマは島根県《しまねけん》の松江《まつえ》にある古本屋《ふるほんや》って設定《せってい》だから。役作《やくづく》りの助《たす》けになるかもしれないわ」

「わ――――い!!　ありがとう、佐川《さがわ》さん！」

さくらちゃんは佐川《さがわ》さんに駆《か》けよると、首《くび》に両手《りょうて》を巻《ま》きつけてだきついた。

「これは決《き》まりですね」

大樹《たいき》が僕《ぼく》を見《み》て、にやっと笑《わら》った。

僕《ぼく》は感動《かんどう》で胸《むね》がいっぱいだ。

「……みんなありがとう。僕《ぼく》につき合《あ》ってくれるなんて」

大樹《たいき》が目《め》をしばたたく。

「なに言《い》ってんだ、雄太《ゆうた》？　僕《ぼく》たちも行《い》きたいんだよ。一畑電車《いちばたでんしゃ》はT3《ティースリー》の目的地《もくてきち》として、ぴったりじゃないかっ」

「そうよ。雄太君《ゆうたくん》！」

「雄太《ゆうた》！　いつものやつ」

七海《ななみ》ちゃん、未来《みらい》が口々《くちぐち》に言《い》った。

「あ、あれね」

さくらちゃんがぽんと手《て》をたたき、僕《ぼく》を見《み》た。

僕《ぼく》はうなずいた。

「よしっ、春休《はるやす》みにみんなで一緒《いっしょ》に、一畑電車《いちばたでんしゃ》へ行《い》くぞぉ！」

僕《ぼく》がそう言《い》って、手《て》を天井《てんじょう》へ向《む》けて突《つ》き出《だ》すと、みんなが『おぉぉぉぉ！』と続《つづ》く。

「決《き》まったね」

「あとは遠藤《えんどう》さんにお願《ねが》いするだけね」

「春休《はるやす》みが楽《たの》しみになってきた！」

みんなでアッハハハって大《おお》きな声《こえ》で笑《わら》っていると、当《とう》のエンドートラベル社長《しゃちょう》、遠藤《えんどう》さんが会議室《かいぎしつ》へやってきた。

「ごめんね、盛《も》り上《あ》がっているところ、七海《ななみ》ちゃん、これ、パパから頼《たの》まれていたアメリカへ行《い》く航空券《こうくうけん》のe《イー》チケットの控《ひか》えと書類《しょるい》ね」

「あ、春休《はるやす》みの家族旅行《かぞくりょこう》の？」

「今《いま》、お電話《でんわ》したら『七海《ななみ》に渡《わた》してくれ』って言《い》われたから。けど大丈夫《だいじょうぶ》かい？」

「はい。私《わたし》が持《も》って帰《かえ》ってパパに渡《わた》します」

遠藤《えんどう》さんから封筒《ふうとう》を受《う》け取《と》ると、七海《ななみ》ちゃんはすぐにバッグの中《なか》に入《い》れた。

そのとき、佐川《さがわ》さんがすくっと立《た》ち上《あ》がり、九十度《ど》ばしっと体《からだ》を曲《ま》げてお辞儀《じぎ》をした。

「えっ、遠藤社長《えんどうしゃちょう》、今日《きょう》はおじゃまさせてもらっています」

「あぁ、さくらちゃんのマネージメントなさっている佐川《さがわ》さんでしたよね。わざわざご一緒《いっしょ》していただき、お疲《つか》れさまです」

駅弁《えきべん》が大好《だいす》きな『駅弁鉄《えきべんてつ》』なだけでなく、駅《えき》の立《た》ち食《ぐ》いそば屋《や》さんや周《まわ》りの食《た》べ物屋《ものや》さんの情報《じょうほう》も網羅《もうら》している遠藤《えんどう》さんも、大《おお》きな体《からだ》を折《お》り曲《ま》げてあいさつする。

鉄道《てつどう》に関《かん》する食《た》べ物《もの》が大好《だいす》きで、とにかく遠藤《えんどう》さんはよく食《た》べる。駅弁《えきべん》なんて一度《ど》に二《ふた》つも三《みっ》つもぺろりと食《た》べてしまう。ということで少《すこ》し太《ふと》っちょ。鼻《はな》の下《した》に筆《ふで》のようなひげをはやしているけれど、顔《かお》も真《ま》ん丸《まる》、メガネも真《ま》ん丸《まる》、そしてメガネの中《なか》の目《め》がいつもやさしげに光《ひか》っている。

惜《お》しいのは、着《き》ているスーツがいつもちょっとよれよれなところ。独身《どくしん》だから、しょうがないか。

未来《みらい》が遠藤《えんどう》さんに駆《か》けよった。

「春休《はるやす》みにT3《ティースリー》で行《い》きたい場所《ばしょ》が決《き》まりました！」

「春休《はるやす》みかぁ。いいなぁ。で、どこなの？」

みんながいっせいに僕《ぼく》を見《み》た。

僕《ぼく》が言《い》っていいの？

僕《ぼく》は両手《りょうて》を握《にぎ》りしめ、遠藤《えんどう》さんを見《み》つめた。

「遠藤《えんどう》さん！　僕《ぼく》らは『一畑電車《いちばたでんしゃ》』に行《い》って、運転体験《うんてんたいけん》をしたいんです！」

全員《ぜんいん》が力強《ちからづよ》くうなずく。

「一畑電車《いちばたでんしゃ》かぁ」

遠藤《えんどう》さんは僕《ぼく》らの顔《かお》を一人一人《ひとりひとり》のぞきこんだ。

未来《みらい》と七海《ななみ》ちゃんが心配《しんぱい》そうな表情《ひょうじょう》になった。

「ダメですか」

「予算《よさん》オーバーですか」

遠藤《えんどう》さんは首《くび》を横《よこ》に振《ふ》った。

「まさか。みんなで決《き》めたことに、私《わたし》が『ダメ』なんて言《い》えないじゃないか」

「だったら、いいんですか!?」

そう言《い》った僕《ぼく》の喉《のど》がごくりと鳴《な》る。

遠藤《えんどう》さんは笑《わら》ってうなずいた。

「春休《はるやす》みは『一畑電車《いちばたでんしゃ》』へみんなで行《い》こう！」


『うおおおおおおおおおおおおおおお！』


僕《ぼく》らみんなが、うれしさで、飛《と》び上《あ》がった。

しばらくしてさくらちゃんが言《い》った。

「どんな電車《でんしゃ》に乗《の》って島根県《しまねけん》まで行《い》くの？」

「島根県《しまねけん》!?　だったら！」

僕《ぼく》の頭《あたま》の中《なか》に、一台《だい》の電車《でんしゃ》が浮《う》かんだ。

「大樹《たいき》！　一畑電車《いちばたでんしゃ》は島根県《しまねけん》のどこにあるんだ？」

「出雲市《いずもし》と松江《まつえ》しんじ湖温泉《こおんせん》と出雲大社《いずもたいしゃ》を結《むす》んでいる」

そう言《い》いながら、大樹《たいき》がニヤリと笑《わら》い、目配《めくば》せした。

大樹《たいき》もわかってるんだ。

大樹《たいき》も僕《ぼく》と同《おな》じ電車《でんしゃ》を想像《そうぞう》しているはず。

「だったら、電車《でんしゃ》はあれしかないな」

「そうだなっ」

二人《ふたり》で顔《かお》を合《あ》わせて微笑《ほほえ》んだ。

「なに？　二人《ふたり》ともニヤニヤしちゃって？」

「どんな電車《でんしゃ》なの？」

「新幹線《しんかんせん》で途中《とちゅう》まで行《い》って、乗《の》り換《か》え？」

女子《じょし》三人《にん》に、僕《ぼく》たちはふるふると首《くび》を振《ふ》る。

それから僕《ぼく》と大樹《たいき》は「せーの」と声《こえ》を合《あ》わせて言《い》った。

『東京駅発《とうきょうえきはつ》サンライズ出雲《いずも》！』

「サンライズ？」

「そんな新幹線《しんかんせん》ないよね」

「まさか特急《とっきゅう》？」

「東京発《とうきょうはつ》で出雲《いずも》って名前《なまえ》がついてるってことは、乗《の》り換《か》えなしで行《い》けるの？」

未来《みらい》、七海《ななみ》ちゃん、さくらちゃんが顔《かお》を見合《みあ》わせ、口々《くちぐち》につぶやく。

「サンライズ出雲《いずも》ってのはね……」

僕《ぼく》が説明《せつめい》しようとした時《とき》、

「えーーっ!? どうしてよぉ？」

横《よこ》から七海《ななみ》ちゃんの小《ちい》さな叫《さけ》び声《ごえ》があがった。

七海《ななみ》ちゃんは、さっき遠藤《えんどう》さんからもらった封筒《ふうとう》を開《ひら》いて、中《なか》をのぞきこんでいた。

それから七海《ななみ》ちゃんはうつむいて、だまりこんだ。

あれ、どうしたの？

僕《ぼく》らは七海《ななみ》ちゃんを心配《しんぱい》して見《み》つめた。

3　サンライズ出雲《いずも》

春休《はるやす》みに入《はい》ったとある金曜日《きんようび》の夜《よる》。僕《ぼく》らは島根《しまね》へ向《む》かうために横浜駅《よこはまえき》へ向《む》かった。

サンライズ出雲《いずも》は寝台電車《しんだいでんしゃ》。

東京駅《とうきょうえき》を22時《じ》00分《ふん》に出発《しゅっぱつ》して、横浜駅《よこはまえき》には22時《じ》23分《ぷん》に着《つ》く。

出発《しゅっぱつ》が遅《おそ》いから、僕《ぼく》らは一度《いちど》、新横浜《しんよこはま》のエンドートラベルに集合《しゅうごう》して、みんなそろって横浜線《よこはません》に乗《の》り、横浜《よこはま》へやってきたんだ。

横浜線《よこはません》は、銀《ぎん》の車体《しゃたい》に黄緑《きみどり》のラインの入《はい》った横浜線《よこはません》E《イー》233系《けい》6000番台《ばんだい》だった。

これは最近大量導入《さいきんたいりょうどうにゅう》された新型車両《しんがたしゃりょう》で、車内《しゃない》もピカピカだ。

3番線《ばんせん》ホームへ降《お》りてケータイの待《ま》ち受《う》け画面《がめん》を見《み》ると、21時《じ》57分《ふん》。

今《いま》から出雲市《いずもし》へ向《む》かうサンライズ出雲《いずも》に乗《の》ると思《おも》うと、胸《むね》がわくわくしてしまう。

まだ三月《がつ》だし夜《よる》だから少《すこ》し寒《さむ》いけど、それも全然気《ぜんぜんき》にならない。

先頭《せんとう》を歩《ある》いていた僕《ぼく》と未来《みらい》に、大樹《たいき》が後《うし》ろから声《こえ》をかける。

「サンライズ出雲《いずも》は6番線《ばんせん》だぞ」

大樹《たいき》は白《しろ》いシャツにモノトーンのベストを着《き》て、今日《きょう》は珍《めずら》しくジーンズを合《あ》わせている。上《うえ》には春用《はるよう》の薄手《うすで》のコートをはおっていた。

大樹《たいき》は「今日《きょう》は寝台電車《しんだいでんしゃ》だからカジュアルに」って言《い》うけど、僕《ぼく》からすると……「それで結婚式《けっこんしき》にも出《で》られちゃうよ」って感《かん》じだけどね。

僕《ぼく》はカーゴパンツに、ミリタリー系《けい》の襟付《えりつ》きシャツに、やっぱりミリタリー系《けい》のカーキのパーカー。

「OK《オーケー》！　大丈夫《だいじょうぶ》、わかってる！」

大樹《たいき》に答《こた》えながら、僕《ぼく》は赤《あか》いデイパックのベルトを握《にぎ》り、地下《ちか》へ続《つづ》く階段《かいだん》を下《お》りはじめた。

このデイパックは旅行《りょこう》に行《い》く時《とき》、必《かなら》ず背負《せお》っていくものなんだ。

ところで、一度新横浜《いちどしんよこはま》のエンドートラベルに集合《しゅうごう》したのは、もう一《ひと》つ大《おお》きな理由《りゆう》があった。それは遅刻魔《ちこくま》の未来《みらい》がいるから。

早《はや》めにエンドートラベルで待《ま》ち合《あ》わせすれば、さすがの未来《みらい》も遅刻《ちこく》しないだろうから。

おかげで今日《きょう》は、未来《みらい》、余裕《よゆう》たっぷりで歩《ある》いている。

未来《みらい》はショート丈《たけ》のグレーのＰ《ピー》コートにミニスカート。このすらりとした足《あし》が、走《はし》り出《だ》したら、走《はし》りには自信《じしん》がある僕《ぼく》も驚《おどろ》くほどの速《はや》さなのだ。

未来《みらい》は、旅行《りょこう》へはいつも持《も》ってくるスポーツバッグを肩《かた》からかけている。

「待《ま》ち合《あ》わせしてよかったよ」

「えっ、なんのこと？」

未来《みらい》は知《し》らんぷり。

「ほら、寝台特急《しんだいとっきゅう》『北斗星《ほくとせい》』の時《とき》のことがあるからさ――」

未来《みらい》が、あの豪華列車《ごうかれっしゃ》・寝台特急《しんだいとっきゅう》『北斗星《ほくとせい》』に遅《おく》れて、みんなで新幹線《しんかんせん》で追《お》いかけたことがあったのだ（くわしくは、『電車《でんしゃ》で行《い》こう！ 北斗星《ほくとせい》に願《ねが》いを』を見《み》てね）。

「ああ、あれね。あれはたまたまだって」

右《みぎ》の人差《ひとさ》し指《ゆび》をピンと伸《の》ばして「チッチッ」と横《よこ》に振《ふ》り、悪《わる》びれずに続《つづ》ける。

「私《わたし》もあれから何度《なんど》もT3《ティースリー》のミッションを成功《せいこう》させて、とっても成長《せいちょう》したんですぅ。もう、遅刻《ちこく》なんて基本的《きほんてき》なミスはしません」

ググッと胸《むね》を張《は》ってみせる。

「本当《ほんとう》かな～？」

「本当《ほんとう》です！　成長《せいちょう》いちじるしい、ニュー未来《みらい》を見《み》てよ」

ショート丈《たけ》のふかふかのムートンブーツをはきこなし、未来《みらい》は元気《げんき》よく下《くだ》りエスカレーターに乗《の》りこんだ。

地下通路《ちかつうろ》には、グレーの石《いし》パネルが敷《し》きつめられている。

「待《ま》って待《ま》って」

僕《ぼく》と未来《みらい》のところに、さくらちゃんが駆《か》けよってきた。

赤《あか》を基調《きちょう》としたタータンチェックのポンチョに、同《おな》じ柄《がら》のショートパンツ。そして足元《あしもと》は黒《くろ》の短《みじか》いブーツ。

えっ、天使《てんし》のサンタクロース？　エンドートラベルの会議室《かいぎしつ》へさくらちゃんが現《あらわ》れた時《とき》、そう思《おも》って、胸《むね》がずきんと鳴《な》っちゃったくらいかわいい。

ちなみにさくらちゃんが持《も》っているのは、小《ちい》さな赤《あか》いショルダーバッグだけ。旅行《りょこう》の荷物《にもつ》は、佐川《さがわ》さんが引《ひ》くキャリーバッグにまとめてあるんだって。

「でも、残念《ざんねん》だったね、七海《ななみ》ちゃんと一緒《いっしょ》に行《い》けると思《おも》っていたのに……」

さくらちゃんは、はぁと大《おお》きなため息《いき》をついた。

「しょうがないよ、家族《かぞく》で海外《かいがい》へ行《い》くんじゃね……」

「でも、春休《はるやす》みにアメリカなんてすごいねっ、さすがお嬢様《じょうさま》！」

さくらちゃんは微笑《ほほえ》んだ。

七海《ななみ》ちゃんがエンドートラベルで封筒《ふうとう》を開《ひら》いて呆然《ぼうぜん》としていたのは、春休《はるやす》みのアメリカへの家族旅行《かぞくりょこう》が三月《がつ》二五日《にち》から一週間《いっしゅうかん》ほどだったからだ。

そこで、残念《ざんねん》だけど七海《ななみ》ちゃんは欠席《けっせき》ってことになったんだ。

でも、帰《かえ》ってきたら「僕《ぼく》らの出雲《いずも》と七海《ななみ》ちゃんのアメリカ鉄道土産《てつどうみやげ》を交換《こうかん》しよう！」ってことをみんなで約束《やくそく》している。

「私《わたし》もアメリカの空《そら》の下《した》から雄太君《ゆうたくん》たちを応援《おうえん》しているからね」

と、七海《ななみ》ちゃんは僕《ぼく》らに見送《みおく》られながら、数日前《すうじつまえ》に羽田《はねだ》から飛《と》び立《た》っていった。

だから、サンライズ出雲《いずも》に乗《の》るのは、僕《ぼく》と大樹《たいき》と未来《みらい》とさくらちゃん、そして遠藤《えんどう》さんとさくらちゃんのマネージャーの佐川《さがわ》さんの六人《にん》。

遠藤《えんどう》さんとマネージャーの佐川《さがわ》さんは楽《たの》しそうに話《はなし》をしながら、一番後《いちばんうし》ろをゆっくりと歩《ある》いてきている。

遠藤《えんどう》さんは暖《あたた》かそうなジャケットを着《き》て、例《れい》によってたくさんの駅弁《えきべん》が入《はい》っていると思《おも》われる巨大《きょだい》なキャリーバッグを引《ひ》いている。

駅弁好《えきべんず》きの遠藤《えんどう》さんは、こういう旅行《りょこう》へ行《い》く時《とき》は「こんなに買《か》ってどうすんの？　何人《なんにん》で食《た》べるの？」ってくらい買《か》ってくるけど、ちゃんと全部食《ぜんぶた》べてしまうのだ。

普通《ふつう》の人《ひと》なら駅弁《えきべん》は一日一《にちひと》つか二《ふた》つだけど、遠藤《えんどう》さんはたぶん一日《にち》に五個《こ》も十個《じゅっこ》も食《た》べてしまう。駅弁通《えきべんつう》になるのも、大変《たいへん》だけれど、遠藤《えんどう》さんはそれが楽《たの》しみなのだ。

そこまではいつも通《どお》りだったんだけど……。

佐川《さがわ》さんの格好《かっこう》に僕《ぼく》は少《すこ》し驚《おどろ》いた。

普段《ふだん》と違《ちが》って、白《しろ》い長《なが》めのニットワンピースに黒《くろ》いブーツをはき、いつもはヘアピンでまとめている髪《かみ》を今日《きょう》はふわっとたらしている。メガネもかけていなかった。

「今日《きょう》の佐川《さがわ》さんって、いつもと別人《べつじん》みたいだね」

横《よこ》を歩《ある》くさくらちゃんにささやいた。

「ねっ、きれいでしょ。実《じつ》はすごい美人《びじん》なのよ、佐川《さがわ》さんって。でもメガネじゃなくて、コンタクトにしてきた佐川《さがわ》さんを見《み》るのは私《わたし》も初《はじ》めてぇ」

未来《みらい》が、ふ〜んと首《くび》を縦《たて》に振《ふ》って手《て》を組《く》む。

「佐川《さがわ》さん、いつもあんな感《かん》じにしていればいいのに」

その時《とき》、さくらちゃんの目《め》がキランと光《ひか》った。

「やっぱり……あの噂《うわさ》は本当《ほんとう》だったのかな？」

「……噂《うわさ》って？」

口《くち》の横《よこ》に手《て》を立《た》てて、さくらちゃんは小《ちい》さな声《こえ》で話《はな》す。

「……実《じつ》は佐川《さがわ》さんが、十代《じゅうだい》の頃《ころ》にはアイドルやっていたって話《はなし》」

『……ほっ、本当《ほんとう》!?』

僕《ぼく》と未来《みらい》は小声《こごえ》で驚《おどろ》きながら、グッとさくらちゃんに顔《かお》を近《ちか》づけた。

「うん。噂《うわさ》じゃ、私《わたし》たちのお父《とう》さん世代《せだい》の人《ひと》は誰《だれ》でも知《し》っているほど人気《にんき》があったらしい

の」

「名前《なまえ》は？　佐川《さがわ》さんで出《で》てたの？」

「う～ん、それがなんて芸名《げいめい》だったのか……わからないの」

芸名《げいめい》は、アイドルで活動《かつどう》する時《とき》だけに使《つか》う名前《なまえ》のことだ。

「へぇ～」

僕《ぼく》たちはそーっと後《うし》ろを振《ふ》り向《む》く。

ふふっと、遠藤《えんどう》さんに笑《わら》いかけている佐川《さがわ》さん、やっぱりすっごくきれいだ。

「未来《みらい》さん、気《き》をつけて。そこから上《のぼ》り階段《かいだん》ですよ」

隣《となり》から、大樹《たいき》の声《こえ》が飛《と》んだ。

大樹《たいき》は階段《かいだん》の右《みぎ》にあるエスカレーターに乗《の》

っていた。

「おっ、あっ、えっ」

後《うし》ろを見《み》ていた未来《みらい》があわてて前《まえ》を向《む》く。そのとたん、ブーツのつま先《さき》が階段《かいだん》の一番下《いちばんした》の段《だん》のところに当《あ》たり、一瞬《いっしゅん》、バランスが崩《くず》れた。

だが、未来《みらい》は女子《じょし》サッカーもやっている運動神経《うんどうしんけい》の持《も》ち主《ぬし》。

ゆらぎかけた体《からだ》を戻《もど》し、ぴょんぴょんと階段《かいだん》を駆《か》け上《あ》がり、上《のぼ》りきったところで両手《りょうて》をピンと上《あ》げてポーズをとった。

「さすが〜未来《みらい》ちゃん！」

すかさずさくらちゃんが手《て》をたたく。

「こんなとこでコケてちゃ〜相手《あいて》サイドにサッカーボール取《と》られちゃうからね」

そこは自慢《じまん》するとこじゃないだろ⁉

さくらちゃんと僕《ぼく》は未来《みらい》のあとを追《お》いかけるようにして階段《かいだん》を走《はし》って上《のぼ》り、ホームへ飛《と》び出《だ》した。

金曜日《きんようび》の夜《よる》の横浜《よこはま》のホームには、スーツを着《き》た会社帰《かいしゃがえ》りの人《ひと》や、家《いえ》へ帰《かえ》るお母《かあ》さんが白《しろ》い買《か》い物袋《ものぶくろ》を提《さ》げて、小田原方面《おだわらほうめん》へと向《む》かう東海道本線《とうかいどうほんせん》の電車《でんしゃ》を待《ま》っていた。

僕《ぼく》らが立《た》ち止《ど》まって見上《みあ》げると、6番線《ばんせん》の列車案内板《れっしゃあんないばん》には、すでにサンライズ出雲《いずも》が14両《りょう》で22時《じ》24分発《ぷんはつ》と表示《ひょうじ》されている。

表示《ひょうじ》はすぐに英語《えいご》に変《か》わり、次《つぎ》に浮《う》き出《で》た文字《もじ》にさくらちゃんは「？」って顔《かお》をした。

「『サンライズ瀬戸《せと》』？」

列車案内板《れっしゃあんないばん》にサンライズ出雲《いずも》とサンライズ瀬戸《せと》という名前《なまえ》が、英語表記《えいごひょうき》をはさんで交互《こうご》に表示《ひょうじ》されている。しかも二《ふた》つの列車《れっしゃ》の出発時間《しゅっぱつじかん》は同《おな》じ22時《じ》24分発《ぷんはつ》。

「サンライズ出雲《いずも》は島根県《しまねけん》の『出雲市《いずもし》』まで行《い》く寝台特急《しんだいとっきゅう》で、サンライズ瀬戸《せと》は香川県《かがわけん》の『高松《たかまつ》』まで行《い》く寝台特急《しんだいとっきゅう》なんだよ」

首《くび》をかしげているさくらちゃんに、僕《ぼく》は言《い》った。

「高松《たかまつ》って、四国《しこく》の香川県《かがわけん》にある、あの讃岐《さぬき》うどんで有名《ゆうめい》なところだよね？　島根県《しまねけん》にある出雲市《いずもし》はまったく違《ちが》うところなんじゃない？　それがどうして同《おな》じ時間《じかん》にここに来《く》るのかしら」

大樹《たいき》が両手《りょうて》をグーにして、ペタンとくっつけて見《み》せた。

「高松《たかまつ》へ向《む》かう『サンライズ瀬戸《せと》』と、出雲市《いずもし》を目指《めざ》す『サンライズ出雲《いずも》』は、東京《とうきょう》からこんなふうに連結《れんけつ》して走《はし》ってくるんですよ」

「えっ!? そうなの」

大樹《たいき》がうなずく。

「はい。そして、明日《あした》の朝《あさ》、岡山駅《おかやまえき》に着《つ》くと、七両《りょう》ずつに分《わ》かれてそれぞれの目的地《もくてきち》へ向《む》かうんです。ちなみに逆《ぎゃく》に高松《たかまつ》と出雲市《いずもし》から出発《しゅっぱつ》する上《のぼ》りの寝台特急《しんだいとっきゅう》サンライズは、やはり岡山《おかやま》で連結《れんけつ》して一緒《いっしょ》に東京《とうきょう》へ向《む》かうんですよ」

「電車《でんしゃ》がドッキングしたり切《き》り離《はな》したりするんだ。なんかすごいね!」

目《め》をまん丸《まる》にしてさくらちゃんが言《い》った。

「そうだよね。こういう電車《でんしゃ》ってちょっとワクワクするよね」

僕《ぼく》はそれから、遠藤《えんどう》さんからもらった二枚《まい》のきっぷをポケットから出《だ》した。

一枚《まい》は新横浜《しんよこはま》から出雲市《いずもし》までの乗車券《じょうしゃけん》。

もう一枚《まい》は特急券《とっきゅうけん》とB《ビー》寝台券《しんだいけん》が一緒《いっしょ》になったきっぷで、横浜《よこはま》から出雲市《いずもし》まで「9号車《ごうしゃ》・11番《ばん》・個室《こしつ》」と書《か》かれていた。

さくらちゃんもきっぷを取《と》り出《だ》して確認《かくにん》しはじめた。

「私《わたし》のは9号車《ごうしゃ》の12番《ばん》だよ。どこで待《ま》っていればいいのかな？」

そういう時《とき》には床《ゆか》か屋根《やね》を見《み》れば、乗車位置表示《じょうしゃいちひょうじ》があるはずなんだけど……。

「あれ？　横浜駅《よこはまえき》にはサンライズの『停車位置表示《ていしゃいちひょうじ》』がないや」

「停車位置表示《ていしゃいちひょうじ》？」

僕《ぼく》は黄色《きいろ》のラインぞいにある、東海道本線《とうかいどうほんせん》の停車位置《ていしゃいち》を指《さ》した。

「ほら、こういうやつのこと。でもこれ東海道本線《とうかいどうほんせん》のもので、サンライズのものじゃない……東京《とうきょう》や上野《うえの》だと、特急列車《とっきゅうれっしゃ》の何号車《なんごうしゃ》が、どこに停車《ていしゃ》するか書《か》かれた停車位置表示《ていしゃいちひょうじ》が、床面《ゆかめん》かホームの屋根《やね》に張《は》られたケーブルにちゃんと吊《つ》るされているんだけどね」

その時《とき》だった。

駅員《えきいん》さんの案内《あんない》がホームに流《なが》れてきた。

「サンライズ号《ごう》の乗車位置《じょうしゃいち》は、柱《はしら》に貼《は》ってあるオレンジの番号《ばんごう》の位置《いち》でお待《ま》ちください」

柱《はしら》に貼《は》っている？　その手《て》があったか。

「あ、あそこです。あの柱《はしら》で待《ま》っていましょう！」

大樹《たいき》がさっと右手《みぎて》を伸《の》ばした。

そこには、正方形《せいほうけい》のオレンジボードに白字《しろじ》で『9』と書《か》かれた看板《かんばん》がある。

「さっすが、大樹君《たいきくん》！」

階段《かいだん》から左《ひだり》へと回《まわ》りこむようにしながら、さくらちゃんが歩《ある》きだす。

「おーーーい、未来《みらい》！　こっちだよーーー!!」

少《すこ》し離《はな》れた場所《ばしょ》でキョロキョロしている未来《みらい》に声《こえ》をかけると、未来《みらい》は「わかった〜」と走《はし》ってきた。遠藤《えんどう》さんと佐川《さがわ》さんもそろった。

サンライズ出雲《いずも》が横浜《よこはま》へと到着《とうちゃく》する時間《じかん》が、刻々《こくこく》と近《ちか》づく。

さっきまでは、小田原方面《おだわらほうめん》へ向《む》かう普通列車《ふつうれっしゃ》に乗《の》るたくさんの人《ひと》でごったがえしていた6番線《ばんせん》もちょっと静《しず》かになり、オレンジの看板《かんばん》の下《した》には大《おお》きなバッグを持《も》った人《ひと》が数人《すうにん》ずつ並《なら》んでいた。

到着《とうちゃく》を告《つ》げるアナウンスが聞《き》こえると、未来《みらい》はスポーツバッグを床《ゆか》へとおろし、新《あたら》しいデジカメで東京方面《とうきょうほうめん》を狙《ねら》う。

「フラッシュは光《ひか》らせないモードにするから……露出《ろしゅつ》は少《すこ》し長《なが》めにして……脇《わき》をしめて

……シャッターを切る時《とき》にブレないようにして……」

自分《じぶん》に言《い》い聞《き》かせるようにしながら撮影時《さつえいじ》の動《うご》きをチェックして、未来《みらい》は、電車《でんしゃ》の到着《とうちゃく》を待《ま》つ。

こういう時《とき》の未来《みらい》はとっても輝《かがや》いてかっこいい！

その時《とき》、正面《しょうめん》下方《かほう》の四《よっ》つのヘッドライトを輝《かがや》かせて、寝台特急《しんだいとっきゅう》サンライズがやってきた。

『うわぁぁぁ！』

みんな声《こえ》をあげられずにはいられない。

寝台特急《しんだいとっきゅう》サンライズが使用《しよう》している車両《しゃりょう》は『285系《けい》』で、オール二階建《かいだ》ての寝台電車《しんだいでんしゃ》。

285系寝台電車《けいしんだいでんしゃ》の運転席《うんてんせき》は、少《すこ》し高《たか》くなっている二階部分《かいぶぶん》にある。

冷《つめ》たい風《かぜ》とともにホームへと入《はい》ってきた車体《しゃたい》の正面中央《しょうめんちゅうおう》には『SUNRISE EXPRESS《サンライズ エクスプレス》』のエンブレムが誇《ほこ》らしげに輝《かがや》いていた。

ヒュユユユユユユユユン！

僕《ぼく》らの横《よこ》をかなり速《はや》い速度《そくど》で電車《でんしゃ》が通《とお》り抜《ぬ》けていく。

未来《みらい》はガシャガシャと連続《れんぞく》でシャッターを切《き》り、通過《つうか》に合《あ》わせて素早《すばや》く体《からだ》を後《うし》ろへ向《む》ける。

ボディはほとんどがクリーム色《いろ》で塗《ぬ》られていて、側面《そくめん》の上半分《うえはんぶん》の一部《いちぶ》が赤色《あかいろ》だった。

車両基地《しゃりょうきち》でピカピカに磨《みが》かれた車体《しゃたい》に、ホームの蛍光灯《けいこうとう》が反射《はんしゃ》してキラキラと光《ひか》る。

「寝台列車《しんだいれっしゃ》ってみんな『ブルートレイン』じゃないんですね？」

意外《いがい》なことに、そう言《い》ったのは佐川《さがわ》さんだった。遠藤《えんどう》さんがうなずく。

「そうなんですよ。私《わたし》たちの若《わか》い頃《ころ》は寝台列車《しんだいれっしゃ》っていえば、みんな車体《しゃたい》の青《あお》い『ブルートレイン』だったんですけどね。最近《さいきん》はかなり少《すく》なくなってしまいました」

列車《れっしゃ》から起《お》こった風《かぜ》によってバタついた長《なが》い髪《かみ》を、首《くび》をかたむけて右手《みぎて》で押《お》さえながら、佐川《さがわ》さんはまた遠藤《えんどう》さんにたずねる。

「サンライズはどうしてクリーム色《いろ》と赤色《あかいろ》なんですか？」

「あぁ〜それですか……」

遠藤《えんどう》さんが腕《うで》を組《く》んだ。

あれ……そう言《い》えばなぜかな？

僕《ぼく》は何度《なんど》かサンライズには乗《の》ったことがあったけど、そんなことを考《かんが》えたことはなかった。

だから、もしかしたら遠藤《えんどう》さんも知《し》らないかも。

大樹《たいき》は助《たす》け舟《ぶね》を出《だ》そうと、いつも家《いえ》で調《しら》べてきたことを書《か》きこむ手帳《てちょう》を開《ひら》いた。

ケータイを持《も》つようになった大樹《たいき》だが、旅行《りょこう》に際《さい》して調《しら》べてきた情報《じょうほう》は、あいかわらず黒革《くろかわ》の手帳《てちょう》にびっしりと書《か》きこんだり、スクラップしていた。

「それはですね――」

大樹《たいき》の声《こえ》を遠藤《えんどう》さんの声《こえ》が遮《さえぎ》る。

「『サンライズエクスプレス』のカラーリングは、夜明《よあ》けをイメージしているからなんですよ」

「なるほど。サンライズ、太陽《たいよう》が昇《のぼ》るという意味《いみ》だから、夜明《よあ》けを？」

「ええ。上半分《うえはんぶん》が朝焼《あさや》けの赤色《あかいろ》、下半分《したはんぶん》が朝《あさ》もやをイメージしたクリーム色《いろ》で、その間《あいだ》にまっすぐに引《ひ》かれた美《うつく》しい金色《きんいろ》は、地平線《ちへいせん》を表《あらわ》しているそうです」

「そう言《い》われてみると、この車体《しゃたい》の色《いろ》は本当《ほんとう》に朝《あさ》の訪《おとず》れを感《かん》じさせますね」

目《め》の前《まえ》に停車《ていしゃ》した、クリームと赤《あか》の車体《しゃたい》を二人《ふたり》は眺《なが》めた。

その説明《せつめい》に納得《なっとく》した大樹《たいき》は、うなずきながらすっと手帳《てちょう》をポケットへしまう。

へぇ〜遠藤《えんどう》さん、こんなことまで知《し》っているんだ。

駅弁《えきべん》か駅《えき》そば以外《いがい》のことで「すごい」って思《おも》ったことがあまりなかったから、ちょっと見直《みなお》しちゃった。

プシュュと空気《くうき》の抜《ぬ》ける音《おと》がして扉《とびら》がゆっくりと開《ひら》く。

横浜駅《よこはまえき》でサンライズから降《お》りる人《ひと》はいない。僕《ぼく》らは飛《と》びこむように車内《しゃない》へ入《はい》る。

最初《さいしょ》に二人《ふたり》でデッキへと入《はい》ったさくらちゃんと未来《みらい》は一緒《いっしょ》に天井《てんじょう》を見上《みあ》げた。

「うわぁ〜とってもきれい〜」

未来《みらい》は、さっそくデッキ付近《ふきん》を撮《と》りまくる。

「サンライズに使用《しよう》されている285系電車《けいでんしゃ》は、平成《へいせい》一〇年《ねん》から走《はし》りはじめたばかりで、寝台列車《しんだいれっしゃ》の中《なか》では比較的新《ひかくてきあたら》しいほうですからね」

いつものように車体《しゃたい》と中《なか》の白《しろ》い壁《かべ》をするすると触《さわ》りながら大樹《たいき》もあとに続《つづ》く。

僕《ぼく》も心《こころ》を躍《おど》らせながら中《なか》へ入《はい》った。

最後《さいご》に、遠藤《えんどう》さんが自分《じぶん》と佐川《さがわ》さんのキャリーバッグを軽々《かるがる》と持《も》って中《なか》に入《はい》ってくる。

佐川《さがわ》さんは「すみません〜」って言《い》っていたけど、ホームと車両《しゃりょう》の間《あいだ》には少《すこ》し幅《はば》があるから、女《おんな》の人《ひと》やお年寄《としよ》りが大《おお》きな荷物《にもつ》を持《も》っていたら、こうやって手伝《てつだ》ってあげたほうがいいんだよ。

寝台特急《しんだいとっきゅう》サンライズ出雲《いずも》の、横浜駅発車《よこはまえきはっしゃ》を告《つ》げるメロディが高《たか》らかに鳴《な》る。

ホームにいた人《ひと》たちが列車《れっしゃ》を見《み》つめる。普通《ふつう》は通勤電車《つうきんでんしゃ》しか見《み》かけない横浜駅《よこはまえき》で、飛《と》びぬけてかっこいいサンライズはいつも注目《ちゅうもく》のまとだ。

「6番線《ばんせん》、ドアが閉《し》まります。ご注意《ちゅうい》ください」

発車《はっしゃ》を知《し》らせるアナウンスがホームから聞《き》こえ、ピンポンピンポンという注意音《ちゅういおん》が鳴《な》ると、扉《とびら》がゆっくりと閉《し》まる。

寝台特急《しんだいとっきゅう》サンライズはゆっくりとホームを離《はな》れていく。

肌色《はだいろ》の縦《たて》に長《なが》い長方形《ちょうほうけい》の窓《まど》から、後《うし》ろへ飛《と》んでいくホームを見《み》つめた。

……出発《しゅっぱつ》だ。

過《す》ぎ去《さ》っていく町《まち》の明《あ》かりを見《み》ると、ほんの少《すこ》しだけ父《とう》さんや母《かあ》さん、妹《いもうと》の公香《きみか》のことを思《おも》い出《だ》すんだ。

だから、東京《とうきょう》から列車《れっしゃ》で離《はな》れる時《とき》には、いつも少《すこ》しだけ胸《むね》がキュンとする。

もちろん、サンライズに乗《の》れてうれしいって気持《きも》ちはずっと大《おお》きいんだけどね！

デッキにはシャッターみたいな形《かたち》をしたアルミ扉《とびら》があって、真《ま》ん中辺《なかあた》りにあるセンサーにさくらちゃんが手《て》を触《ふ》れると、すっと左《ひだり》へ開《ひら》く。

『ふわぁぁぁぁぁ〜』

そこに広《ひろ》がった光景《こうけい》にさくらちゃんと未来《みらい》は驚《おどろ》いた。

サンライズの通路《つうろ》はまるでホテルの中《なか》のようで、とても電車《でんしゃ》の中《なか》には思《おも》えない。

上下《じょうげ》のそれぞれの客室《きゃくしつ》へ向《む》かう階段《かいだん》も見《み》える。

みんなで階段《かいだん》を上《のぼ》ると、そこには薄《うす》いブラウンの廊下《ろうか》が延《の》び、左右《さゆう》にはウッド調《ちょう》の扉《とびら》がズラリと並《なら》んでいた。

照明《しょうめい》もブルートレインみたいに天井《てんじょう》に蛍光灯《けいこうとう》が点《つ》いているのではなく、淡《あわ》いオレンジ色《いろ》の光《ひかり》で照《て》らされていて、とても落《お》ちついた雰囲気《ふんいき》。

走行音《そうこうおん》もあまり聞《き》こえず、静《しず》かだ。

僕《ぼく》らが左右《さゆう》に目《め》をキョロキョロ動《うご》かしながら廊下《ろうか》を歩《ある》いていくと、下《くだ》り階段《かいだん》の手前《てまえ》に扉《とびら》が開《ひら》いたままとなっている部屋《へや》が左右《さゆう》にあった。

「この左右《さゆう》の部屋《へや》が、私《わたし》と佐川《さがわ》さんとなります。私《わたし》が29号室《ごうしつ》で……」

佐川《さがわ》さんが遠藤《えんどう》さんにうなずく。

「私《わたし》は……9号車《ごうしゃ》の28号室《ごうしつ》ですね」

遠藤《えんどう》さんから佐川《さがわ》さんがキャリーバッグを受《う》け取《と》った。

遠藤《えんどう》さんはさっそく29号室《ごうしつ》に入《はい》り、「ふぅ」とため息《いき》をついて白《しろ》いシーツがひかれたベッドに腰《こし》かけた。

佐川《さがわ》さんも28号室《ごうしつ》に。

「うわぁ～中《なか》もかわいい」

佐川《さがわ》さんの部屋《へや》へと頭《あたま》を入《い》れたさくらちゃんが叫《さけ》んだ。

「ここはB《ビー》寝台《しんだい》『シングル』ですね。一人用《ひとりよう》個室《こしつ》でサンライズの中《なか》で一番《いちばん》多《おお》い客室《きゃくしつ》です」

大樹《たいき》が手帳《てちょう》を見《み》ながら、すかさずさくらちゃんに説明《せつめい》する。

二階《かい》にあるB《ビー》寝台《しんだい》シングルの天井《てんじょう》は、かまぼこを真《ま》っ二《ぷた》つにしたようにカーブしていて、そこに大《おお》きな窓《まど》が広《ひろ》がっている。扉《とびら》のそばに靴《くつ》が置《お》けるくらいのわずかなスペースがあるだけで、部屋《へや》のほとんどをベッドが占《し》めていた。

さくらちゃんが「かわいい」って言《い》ったのは、このコンパクトさと、内装《ないそう》がウッド調《ちょう》なところかな。すべての壁《かべ》は木《き》のような壁紙《かべがみ》が貼《は》られ、足元《あしもと》には木製《もくせい》の小《ちい》さなテーブルまである。

ベッドは『寝台特急北斗星《しんだいとっきゅうほくとせい》』のような横向《よこむ》きではなくて、進行方向《しんこうほうこう》と並行《へいこう》の縦向《たてむ》きだ。列車《れっしゃ》は加速《かそく》したり減速《げんそく》したりするから、サンライズの縦向《たてむ》きのベッドのほうが寝《ね》やすいんじゃないかって、僕《ぼく》は思《おも》う。

ここの照明《しょうめい》もまるで朝日《あさひ》のような、天井《てんじょう》からとっても柔《やわ》らかな光《ひかり》で照《て》らされていた。

「最近《さいきん》の寝台列車《しんだいれっしゃ》ってこんなにきれいなんですね。私《わたし》、寝台列車《しんだいれっしゃ》って聞《き》いたらパイプで作《つく》られた二段《だん》ベッドみたいなのがズラ～って並《なら》んでいるのかと思《おも》っていました」

ベッドの上《うえ》にキャリーバッグを置《お》いた佐川《さがわ》さんが言《い》った。

「あ～確《たし》かに前《まえ》はそうでしたね。以前《いぜん》は今《いま》よりもたくさんの寝台列車《しんだいれっしゃ》が走《はし》っていましたが、部屋《へや》はもっと無骨《ぶこつ》な感《かん》じでした。佐川《さがわ》さんのおっしゃっているのは『開放式寝台《かいほうしきしんだい》』ってタイプでしょう。こう、二段《だん》ベッドにカーテンが付《つ》いただけって感《かん》じのやつ」

駅弁《えきべん》以外《いがい》のことでは珍《めずら》しくおしゃべりな遠藤《えんどう》さんが、両手《りょうて》を大《おお》きく広《ひろ》げる。

「そうそうそう！　廊下《ろうか》を歩《ある》くとたくさんのグリーンのカーテンが見《み》えましたよね」

ふんふんとうなずく佐川《さがわ》さんが、遠藤《えんどう》さんの胸《むね》を指《ゆび》で差《さ》した。

「こういったデザインにしたことで、サンライズは女性《じょせい》にも大人気《だいにんき》なんですよ」

「そうでしょうね。これだったら何度《なんど》でも乗《の》りたいですもの」

二人《ふたり》の話《はなし》を聞《き》いていると、こっちまで楽《たの》しくなってくる。

未来《みらい》は遠藤《えんどう》さんの部屋《へや》へカメラを向《む》けて、パシャリと撮《と》った。

「北斗星《ほくとせい》の寝台車《しんだいしゃ》だった『24系《けい》25形客車《がたきゃくしゃ》』とはかなり違《ちが》うのね」

北斗星《ほくとせい》は上野《うえの》から札幌《さっぽろ》まで走《はし》る寝台特急《しんだいとっきゅう》のことで、僕《ぼく》たちT3《ティースリー》はさっきも言《い》ったように乗《の》ったことがあるんだ。未来《みらい》が遅刻《ちこく》した北斗星《ほくとせい》！

「北斗星《ほくとせい》よりもベッドが大《おお》きいんじゃない？　それにこんな個室《こしつ》を一人占《ひとりじ》めできるなんてすごいよね。やっぱり寝台電車《しんだいでんしゃ》もいいなぁ」

未来《みらい》がカメラを手《て》に持《も》ったまま言《い》う。さくらちゃんが僕《ぼく》の顔《かお》を見《み》た。

「『寝台電車《しんだいでんしゃ》も』って？」

「寝台《しんだい》には『電車《でんしゃ》』と『客車《きゃくしゃ》』があるんだよ。列車《れっしゃ》の中《なか》で寝《ね》るんだから、なるべく静《しず》かなほうがいいよね？」

「それはそうだけど。電車《でんしゃ》って普通《ふつう》は床《ゆか》からモーターのゴォォォって音《おと》が聞《き》こえたりするものでしょ？」

「それが違《ちが》うんだ。24系《けい》25形《がた》みたいなブルートレインって言《い》われる寝台車《しんだいしゃ》は、すべてモーターのない『客車《きゃくしゃ》』を使《つか》っていて、先頭《せんとう》で引《ひ》っ張《ぱ》る機関車《きかんしゃ》だけにしかモーターはないんだ」

そこで大樹《たいき》があとを続《つづ》ける。

「ですが、この285系《けい》は寝台《しんだい》にも関《かか》わらず電車《でんしゃ》なんです。というのも、サンライズ出雲《いずも》、瀬戸《せと》、それぞれが七両編成《りょうへんせい》ですが、そのうち二両《りょう》はモーター車《しゃ》ですから」

さくらちゃんが、右《みぎ》の人差《ひとさ》し指《ゆび》でトントンと額《ひたい》の真《ま》ん中《なか》を軽《かる》くたたいた。

「でもぉ～モーターの音《おと》がうるさくないように、寝台列車《しんだいれっしゃ》はブルートレイン方式《ほうしき》で機関車《きかんしゃ》で客車《きゃくしゃ》をひけばいいのに、どうしてそうしないの？」

そこで僕《ぼく》と大樹《たいき》は顔《かお》を見合《みあ》わせてニヤッと笑《わら》った。

「寝台電車《しんだいでんしゃ》のほうが速《はや》く走《はし》れるんです」

「そうなの!?」

「例《たと》えば、寝台特急北斗星《しんだいとっきゅうほくとせい》であれば営業最高速度《えいぎょうさいこうそくど》は時速《じそく》一一〇キロですが、サンライズは時速《じそく》一三〇キロと寝台列車最速《しんだいれっしゃさいそく》です」

僕《ぼく》は耳《みみ》に手《て》を当《あ》てた。

「それに電車《でんしゃ》なのにこんなに静《しず》かなんだよ」

「……確《たし》かに。いつも乗《の》っている電車《でんしゃ》よりも、全然静《ぜんぜんしず》かかもしれない」

さくらちゃんも右《みぎ》の耳《みみ》に手《て》を当《あ》ててつぶやいた。

そこへ紺《こん》の制服《せいふく》を着《き》た車掌《しゃしょう》さんがやってきて、「きっぷを拝見《はいけん》します」と言《い》った。

車掌《しゃしょう》さんはきっぷに、「米子電車区《よなごでんしゃく》」と日付《ひづけ》の入《はい》った赤《あか》く丸《まる》い印《いん》を押《お》してくれる。

「君《きみ》たちの部屋《へや》は、そこの左右《さゆう》だからね」

遠藤《えんどう》さんが階段《かいだん》の下《した》を指差《ゆびさ》す。

「え〜私《わたし》たちも二階《かい》の部屋《へや》じゃないの?」

未来《みらい》が口《くち》をとがらせた。

「君《きみ》たちの部屋《へや》はB《ビー》寝台《しんだい》『シングルツイン』だからね」

微笑《ほほえ》んだ遠藤《えんどう》さんは、そこで車掌《しゃしょう》さんとなにかを話《はな》しだした。

「シングルツイン？」

僕《ぼく》は戸惑《とまど》っている未来《みらい》の背中《せなか》をゆっくりと押《お》して廊下《ろうか》を歩《ある》き、すぐ側《そば》にあった四段程度《だんていど》の階段《かいだん》を下《お》りていく。

「見《み》ればわかるよ」

ベッドの上《うえ》でキャリーバッグを開《ひら》いた佐川《さがわ》さんは、さくらちゃんに声《こえ》をかける。

「じゃあ、あとで着替《きが》え持《も》っていくから」

「は〜い！　佐川《さがわ》さん」

下《した》のフロアへと通《つう》じる階段《かいだん》を左手《ひだりて》に見《み》ながら前《まえ》へ進《すす》むと、両側《りょうがわ》に扉《とびら》があって左《ひだり》に「12」右《みぎ》に「11」号室《ごうしつ》があって、ここの扉《とびら》も開《ひら》いたままになっていた。

左《ひだり》へと大樹《たいき》と僕《ぼく》、右《みぎ》へは未来《みらい》とさくらちゃんが、クイッと首《くび》を突《つ》っこむ。

「へぇ〜シングルツインってこうなっているんだ〜」

僕《ぼく》もシングルツインに泊《と》まるのは初《はじ》めてだった。

「ここもかわいいお部屋《へや》ね。うわぁ、これもよくできてるぅ」

さくらちゃんはさっそく中《なか》に入《はい》り、靴《くつ》を脱《ぬ》ぎ、階段《かいだん》として使《つか》える木製《もくせい》ロッカーを使《つか》ってトントンと上段《じょうだん》ベッドに登《のぼ》り、廊下《ろうか》へ向《む》けて座《すわ》った。

未来《みらい》も、上段《じょうだん》ベッドの底《そこ》で頭《あたま》を打《う》たないように腰《こし》を曲《ま》げて下段《げだん》へ入《はい》り、肩《かた》にかけていたスポーツバッグをベッドサイドに置《お》く。

僕《ぼく》らの部屋《へや》では下段《げだん》ベッドに大樹《たいき》が座《すわ》ったので、僕《ぼく》は上段《じょうだん》ベッドのところにデイパックを置《お》いた。

シングルツインは簡単《かんたん》に言《い》うと、進行方向《しんこうほうこう》に対《たい》して並行《へいこう》に置《お》かれた二段《だん》ベッドのある個《こ》室《しつ》なんだ。

遠藤《えんどう》さんや佐川《さがわ》さんの「シングル」と同《おな》じような広《ひろ》さの部屋《へや》だけど、高《たか》さは二倍《ばい》くらいあって天井《てんじょう》は高《たか》く、上段《じょうだん》のベッドにも下段《げだん》のベッドにもそれぞれの窓《まど》がある。

もちろん、ここもウッド調《ちょう》の落《お》ち着《つ》いたインテリアと照明《しょうめい》で、まるで高級《こうきゅう》ホテルのよう。

ケータイを見《み》ながら、大樹《たいき》は上段《じょうだん》ベッドに手《て》をポンと乗《の》せた。

「シングルツインは一人《ひとり》でも二人《ふたり》でも使《つか》えるように設計《せっけい》された個室《こしつ》で、この上段《じょうだん》は『補助《ほじょ》ベッド』ってあつかいらしいですよ。だから、一人《ひとり》で使《つか》う時《とき》は——」

そこでベッドの下《した》に両手《りょうて》を当《あ》てる。

「ここに力《ちから》を入《い》れればベッドは窓《まど》に向《む》かってはね上《あ》げられて、片《かた》づけられるんです」

『ほぉぉぉぉ』

みんなで大樹《たいき》の知識《ちしき》に感心《かんしん》した。

大樹《たいき》は勉強熱心《べんきょうねっしん》で旅行《りょこう》へ行《い》くとなると、乗《の》る列車《れっしゃ》や周囲《しゅうい》の情報《じょうほう》をインターネットや雑誌《ざっし》からかき集《あつ》めて整理《せいり》して、手帳《てちょう》に書《か》きこんでくるんだ。

「さくら、これ着替《きが》えね。寝《ね》る時《とき》はパジャマで――」

その時《とき》、佐川《さがわ》さんがさくらちゃんの着替《きが》えをビニールのトートバッグに入《い》れて階段《かいだん》を下《お》りてきた。後《うし》ろに遠藤《えんどう》さんの姿《すがた》も見《み》える。

その瞬間《しゅんかん》、柔《やわ》らかそうな長《なが》い髪《かみ》をふわっと動《うご》かして、さくらちゃんが廊下越《ろうかご》しに僕《ぼく》を見《み》た。そして天使《てんし》のように微笑《ほほえ》みながらこう言《い》った。

「じゃあ、こっちの部屋《へや》はさくらと雄太《ゆうた》君《くん》で使《つか》おっか？」

僕《ぼく》の顔《かお》は一発《いっぱつ》でカッと赤《あか》くなる。

そりゃそうでしょ!?　だって大人気《だいにんき》アイドルと同《おな》じ部屋《へや》にしようなんて言《い》われたら、誰《だれ》だってびっくりしちゃうよねぇ！

「さっ、さくらっ!?」

佐川《さがわ》さんは廊下《ろうか》で驚《おどろ》いてころびそうになり、

僕《ぼく》は思《おも》わず吹《ふ》き出《だ》したが、当《とう》のさくらちゃんはケラケラと笑《わら》っている。

僕《ぼく》の心臓《しんぞう》はバクバクしているのに、未来《みらい》はフフフッと笑《わら》っている。

「ふ〜ん。そう来《き》たかぁ。さすがアイドルはアグレッシブだねぇ」

「さっ、さくらっ!? ちょ、ちょっと、なに言《い》ってるの？ アッ、アイドルが男《おとこ》の子《こ》と、同《おな》じ部屋《へや》で……その……」

「冗談《じょうだん》よぉ、佐川《さがわ》さん。ほら、今度《こんど》のドラマに同《おな》じようなセリフあったでしょ？」

『セッ、セリフ？』

「記憶喪失《きおくそうしつ》でどこへも帰《かえ》れなくて、とりあえず古本屋《ふるほんや》さんに泊《と》めてもらうことになるんだけど、部屋《へや》が一《ひと》つしかなくてって……シーン34の」

「あっ、あぁ……そうね、そんなシーンあったわね」

胸《むね》に白《しろ》い右手《みぎて》を乗《の》せて、佐川《さがわ》さんは「ほぉ」と息《いき》をはいた。

なっ、なんだ？ よくわからないけど、今《いま》のセリフは今度《こんど》のドラマで使《つか》うものを、ポンと言《い》ってみただけってこと？

さくらちゃんは予告《よこく》もなく迫真《はくしん》の演技《えんぎ》をするから、それが演技《えんぎ》なんてすぐにはわからない。

　はねあがった心臓《しんぞう》が急速《きゅうそく》にクールダウン。

「はいはい。では11号室《ごうしつ》は女子専用《じょしせんよう》ということで」

　未来《みらい》がにっと笑《わら》う。

　佐川《さがわ》さんと遠藤《えんどう》さんが苦笑《くしょう》した。

　電車《でんしゃ》は次《つぎ》の停車駅《ていしゃえき》、熱海《あたみ》を目指《めざ》して、真《ま》っ暗《くら》な東海道線《とうかいどうせん》を突《つ》っ走《ぱし》っていた。

「じゃあ、車内探検《しゃないたんけん》にぃ――――!!」

　僕《ぼく》が手《て》を挙《あ》げると、その腕《うで》を遠藤《えんどう》さんがそっとつかんで、指《ゆび》を鼻先《はなさき》に当《あ》てた。

「しぃ～。もう寝《ね》ている人《ひと》もいるから、今《いま》はドタバタと車内《しゃない》を歩《ある》いちゃいけないよ。車内《しゃない》探検《たんけん》をするなら明日《あした》にしなさい」

　ポケットからケータイを出《だ》して時刻《じこく》を見《み》ると、22時《じ》45分《ふん》。

　確《たし》かに、いつもならもう寝《ね》ている時間《じかん》だった。

「わかりました、遠藤《えんどう》さん」

「今《いま》は暗《くら》くて見《み》えづらいけど、明日《あした》になったら明《あか》るくなるしね」

ちょっと残念《ざんねん》だけど、ここはぐっと我慢《がまん》だ。

遠藤《えんどう》さんは、サンライズのイラストの入《はい》った赤黒《あかぐろ》いプラスチックカードをトランプみたいに広《ひろ》げて前《まえ》に出《だ》した。

「みんなの分《ぶん》のシャワーカードを買《か》っておいたよ。サンライズでは予約《よやく》はいらないから、寝《ね》る前《まえ》でも朝《あさ》でもシャワー室《しつ》が空《あ》いていれば、好《す》きな時間《じかん》に使《つか》っていいから」

その一枚《まい》を勢《いきお》いよくさくらちゃんは取《と》った。

「すごかっ！　電車《でんしゃ》ん中《なか》でシャワー浴《あ》びられるん？　うれしか〜」

驚《おどろ》いたりすごく喜《よろこ》んだりすると、さくらちゃんは思《おも》わず博多弁《はかたべん》が出《で》てしまう。

「お湯《ゆ》が出《で》るのは六分間《ろっぷんかん》だけだから、そこだけ注意《ちゅうい》したほうがいいよ」

次《つぎ》にカードをとった未来《みらい》が、さくらちゃんに教《おし》えてあげた。

「え〜そんな。六分《ろっぷん》じゃ体《からだ》と頭《あたま》を洗《あら》って、ぬれた体《からだ》ふいて髪《かみ》を乾《かわ》かせないよぉ」

「六分間《ろっぷんかん》はお湯《ゆ》の出《で》る時間《じかん》。シャワールームに入《はい》ってから出《で》てくるまで三十分間《じゅっぷんかん》は使《つか》っていいから大丈夫《だいじょうぶ》だって。ストップボタンを押《お》すと、その間《あいだ》はお湯《ゆ》が止《と》まってくれるからね。節約《せつやく》しつつ使《つか》うといいよ」

「そっか～だったらなんとかなりそう」

両手《りょうて》でカードを持《も》ったまま、さくらちゃんは胸《むね》をなでおろした。

そんな僕《ぼく》らを見回《みまわ》した遠藤《えんどう》さんは、ニコリと笑《わら》う。

「じゃあ、今日《きょう》はこれで解散《かいさん》にしよう。お腹《なか》が減《へ》っているなら駅弁《えきべん》がたくさんあるよ」

それには『いらな～い』と、みんなでいっせいに首《くび》をブルブルと横《よこ》に振《ふ》る。

きっと遠藤《えんどう》さん、寝《ね》る前《まえ》に一《ひと》つ……いや二《ふた》つくらいはペロリと食《た》べるんだろうけど、そんなの僕《ぼく》らには無理《むり》。

だって、エンドートラベルでちゃんと夕食《ゆうしょく》は食《た》べてきたんだから。

「じゃあ、みんな。明日《あした》に備《そな》えてシャワーを浴《あ》びる人《ひと》は浴《あ》びて、歯磨《はみが》きや洗顔《せんがん》して寝《ね》る準《じゅん》備《び》をしよう」

『わかりました！』

みんなで声《こえ》を合《あ》わせた。あと一《ひと》つ、と遠藤《えんどう》さんが人差《ひとさ》し指《ゆび》を上《あ》げた。

「明日《あした》は岡山到着《おかやまとうちゃく》が6時《じ》27分《ふん》だから、連結《れんけつ》の切《き》り離《はな》しを見《み》にいく人《ひと》は6時《じ》にここに集合《しゅうごう》。絶対《ぜったい》に、自分《じぶん》たちだけでは見《み》にいかないようにね」

これは鉄道《てつどう》ファンとしては絶対《ぜったい》に見逃《みのが》せない！

「切《き》り離《はな》し？」

佐川《さがわ》さんが聞《き》き返《かえ》した。

「サンライズ瀬戸《せと》とサンライズ出雲《いずも》は、岡山駅《おかやまえき》で切《き》り離《はな》すんだよっ」

さっき横浜《よこはま》で聞《き》いたばっかりなのに、さくらちゃんはエッヘンと胸《むね》を張《は》って佐川《さがわ》さんに教《おし》えてあげた。

「そっ、そうなの？　さくら、よくそんなこと知《し》っているわね」

知《し》らないうちに電車《でんしゃ》のことがくわしくなっていたさくらちゃんに、佐川《さがわ》さんはびっくりしたみたいだった。

電車《でんしゃ》が熱海《あたみ》に近《ちか》づくと、みんなそれぞれの部屋《へや》へと戻《もど》った。

未来《みらい》とさくらちゃんは部屋《へや》へ入《はい》っても、中《なか》からキャッキャッとはしゃぐ声《こえ》がいつまでも聞《き》こえ続《つづ》けた。

遠藤《えんどう》さんと佐川《さがわ》さんはまだ寝《ね》ないらしくって、二人《ふたり》で部屋《へや》をロックして後方《こうほう》にある10号《ごう》車《しゃ》へ向《む》かって歩《ある》いていくのが見《み》えた。

大樹《たいき》がシャワーを浴《あ》びたいって言《い》うから、「お先《さき》にどうぞ」ってゆずった。

「明日《あした》は電車《でんしゃ》を本当《ほんとう》に運転《うんてん》できるんだよな」

シャワーへ向《む》かう時《とき》、大樹《たいき》が僕《ぼく》に向《む》かって言《い》った。

「そうだな。すごいよなぁ、そう思《おも》うとドキドキしてくるよね」

「こんなことが体験《たいけん》できるなんて……。僕《ぼく》は本当《ほんとう》にT3《ティースリー》に入《はい》ってよかったよ」

「そうだね！　僕《ぼく》もT3《ティースリー》のみんなと出会《であ》えてよかったよ！」


大樹《たいき》が部屋《へや》を出《で》ていくと、僕《ぼく》は上段《じょうだん》ベッドにゴロンと寝転《ねころ》んで天井《てんじょう》を見《み》つめていた。

いつもならもう寝《ね》ている時間《じかん》だな。

だから、ゆっくりとゆれるベッドで寝転《ねころ》んでいると、まぶたがぐっと重《おも》くなってきて「ふわぁぁ」ってあくびが何度《なんど》も出《で》ちゃう。

その時《とき》、天井《てんじょう》スピーカーからはおやすみ放送《ほうそう》が流《なが》れだした。

最初《さいしょ》に他《ほか》の寝台列車《しんだいれっしゃ》とはまったく違《ちが》う、サンライズ独特《どくとく》のチャイムが鳴《な》る。

タンタン　チャーン。

「すでにお休《やす》みのお客様《きゃくさま》もいらっしゃいます。深夜《しんや》の放送《ほうそう》はご迷惑《めいわく》になりますので、この放送《ほうそう》をもちまして、岡山到着《おかやまとうちゃく》二十分前《じゅっぷんまえ》まで緊急放送《きんきゅうほうそう》以外《いがい》、控《ひか》えさせていただきます。停《と》まります駅《えき》と到着時刻《とうちゃくじこく》をご案内《あんない》させていただきます。次《つぎ》の熱海《あたみ》で23時《じ》21分《ぷん》、沼津《ぬまづ》23時《じ》39分《ふん》、富士《ふじ》23時《じ》53分《ぷん》、静岡《しずおか》0時《じ》19分《ふん》……」

車掌《しゃしょう》さんは終点《しゅうてん》の出雲市駅《いずもしえき》までの停車駅《ていしゃえき》と到着時間《とうちゃくじかん》をすべてアナウンスした。

……大樹《たいき》のあとにシャワー浴《あ》びなきゃ……。

だけど、僕《ぼく》が覚《おぼ》えているのはそこまで。

カタンカタンと続《つづ》く、レールとレールの間《あいだ》を走《はし》る車輪《しゃりん》の音《おと》と振動《しんどう》は僕《ぼく》にとっては子守唄《こもりうた》。

少《すこ》し目《め》を閉《と》じていたら、大樹《たいき》がいつ帰《かえ》ってきたのかもわからずに深《ふか》い眠《ねむ》りに落《お》ちていた。

4　寝台列車《しんだいれっしゃ》の夜《よ》は明《あ》けて

僕《ぼく》が目《め》を覚《さ》ましたのは、朝《あさ》の五時《じ》くらいだった。

「あっ、あれ？　あのまま寝《ね》ちゃったんだっけ？」

服《ふく》を見《み》ると昨日《きのう》の格好《かっこう》のままだったけど、白《しろ》いシーツに包《つつ》まれた毛布《もうふ》はちゃんと体《からだ》の上《うえ》にかけてあった。

僕《ぼく》は毛布《もうふ》を横《よこ》へ開《ひら》いて、下段《げだん》ベッドをのぞく。

これは……大樹《たいき》がかけてくれたのかな？

メガネを外《はず》してスヤスヤと気持《きも》ちよさそうに、まだ眠《ねむ》っていた。

「……ありがとう、大樹《たいき》」

起《お》こさない程度《ていど》の小《ちい》さな声《こえ》でつぶやいた。

曲面《きょくめん》ガラスにそって閉《し》められている白《しろ》いシェードを下《した》から少《すこ》し開《あ》けた。

まだ、完全《かんぜん》に太陽《たいよう》は出《で》ておらず、列車《れっしゃ》の後方《こうほう》になる東《ひがし》の空《そら》が朝焼《あさや》けでうっすらと赤《あか》くそまっていた。

夜《よ》が明《あ》けたから、今日《きょう》はもう土曜日《どようび》だ。

「なんだ？」

手《て》の中《なか》を見《み》ると、昨日《きのう》遠藤《えんどう》さんからもらったシャワーカードがあった。

岡山《おかやま》を越《こ》えると混《こ》むだろうから、今《いま》のうちに浴《あ》びておこうかな。

音《おと》をたてないようにゆっくりと毛布《もうふ》をよけて、木製《もくせい》の階段《かいだん》を静《しず》かに下《お》りて靴《くつ》をはく。

木目調《もくめちょう》の扉《とびら》についている銀《ぎん》のノブに手《て》をかけて、ゆっくりと右《みぎ》へと回《まわ》した。

カシャンと小刻《こきざ》みにいい音《おと》がして、ロックが解除《かいじょ》される。

僕《ぼく》は細《ほそ》いすき間《ま》へ体《からだ》をすべりこませて、忍者《にんじゃ》のようにゆっくりと廊下《ろうか》へ出《で》た。

毛布《もうふ》までかけてくれたやさしい大樹《たいき》を、まだ起《お》こしたくないからね。

外《そと》へ出《で》たら扉《とびら》を元《もと》の位置《いち》へ戻《もど》して、ノブを赤《あか》い印《しるし》のある場所《ばしょ》にした。

扉《とびら》には「0」～「9」までの番号《ばんごう》と「＊《アスタリスク》」「＃《シャープ》」ボタンが二列《れつ》に並《なら》んだキーボードがある。

四ケタの暗証番号《あんしょうばんごう》を押《お》してから「＃《シャープ》」を押《お》すとロックされるのだ。

「何番《なんばん》にしようかな？」

ちょっと考《かん》えてから「３２１０」とたたいて、「＃《シャープ》」をグッと親指《おやゆび》で突《つ》いた。

ピィイイと長《なが》い電子音《でんしおん》がして、カシャンと鍵《かぎ》が閉《し》まる。

こうすれば、外《そと》からドアを開《あ》けることはできなくなるんだ。

右手《みぎて》をキーボードに向《む》けて「ロック、よしっ」と指差《ゆびさ》し確認《かくにん》。

これは、運転手《うんてんしゅ》、車掌《しゃしょう》、駅員《えきいん》さんのやり方《かた》。

注意《ちゅうい》するものに対《たい》して指《ゆび》を差《さ》しながら、声《こえ》に出《だ》して確認《かくにん》することで作業《さぎょう》ミスを減《へ》らそうとしている。

頭《あたま》の中《なか》で確認《かくにん》するだけより、この方式《ほうしき》だとミスはグッと減《へ》るんだって。

僕《ぼく》は、すぐ後《うし》ろにある10号車《ごうしゃ》へ向《む》かって歩《ある》いた。

車両《しゃりょう》と車両《しゃりょう》のつなぎ目《め》にあるデッキを抜《ぬ》けて扉《とびら》を開《ひら》くと、そこには階段《かいだん》はなく両側《りょうがわ》にびっしりと扉《とびら》の並《なら》んだ通路《つうろ》が現《あらわ》れる。

8号車《ごうしゃ》から14号車《ごうしゃ》までを占《し》めるサンライズ出雲《いずも》のうち、10号車《ごうしゃ》と12号車《ごうしゃ》はダブルデッカーじゃない。

今入《いまはい》った10号車《ごうしゃ》は「B《ビー》寝台《しんだい》ソロ」って名前《なまえ》の少《すこ》しせまい部屋《へや》で、12号車《ごうしゃ》は「ノビノビ座席《ざせき》」っていって、下《した》にカーペットがひいてある二段《だん》ベッドがズラリと並《なら》んでいる部屋《へや》だ。

ノビノビ座席《ざせき》は個室《こしつ》ではなく、ブルートレインみたいにカーテンで仕切《しき》られている。ここの席《せき》なら寝台料金《しんだいりょうきん》がいらなくってサンライズに安《やす》く乗《の》ることができるんだ。でも、乗《の》り心地《ごこち》はちょっと悪《わる》いから、チャレンジは寝台列車《しんだいれっしゃ》に慣《な》れてからにしたほうがいいって、父《とう》さんが言《い》ってた。

この10号車《ごうしゃ》と12号車《ごうしゃ》がダブルデッカーじゃないのは、それぞれの車体下部《しゃたいかぶ》にモーターが搭載《とうさい》されていて、一階分《いっかいぶん》のスペースを取《と》る余裕《よゆう》がないからなんだ。

細《ほそ》い通路《つうろ》を抜《ぬ》けて、銀《ぎん》のシャッターのような扉《とびら》を開《ひら》く。

その先《さき》には、左右《さゆう》に四《よっ》つずつ窓《まど》に向《む》かってシートが並《なら》べられ

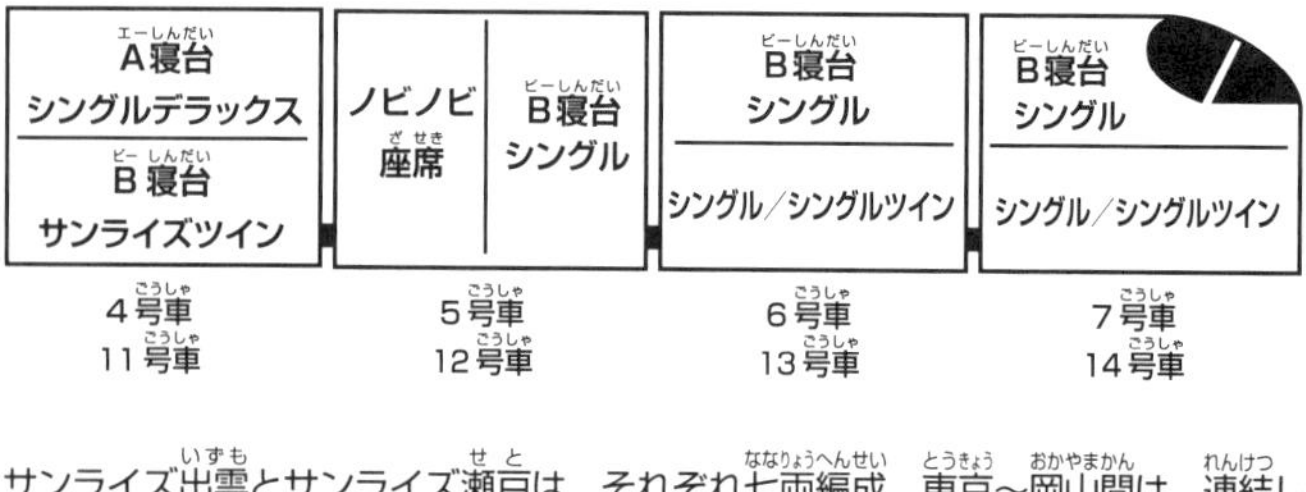

サンライズ出雲《いずも》とサンライズ瀬戸《せと》は、それぞれ七両編成《ななりょうへんせい》。東京《とうきょう》〜岡山間《おかやまかん》は、連結《れんけつ》して十四両《じゅうよんりょう》で走行《そうこう》し、岡山《おかやま》〜出雲市間《いずもしかん》・岡山《おかやま》〜高松間《たかまつかん》は、個別《こべつ》の七両編成《ななりょうへんせい》で走行《そうこう》する。

たミニサイズのラウンジがあり、そのさらに奥《おく》に、少《すこ》し廊下《ろうか》が広《ひろ》くなった部分《ぶぶん》があってそこがシャワー室《しつ》となっていた。

ちなみにラウンジは誰《だれ》が使《つか》ってもいいスペースなんだよ。

……あれ？

左《ひだり》にある自動販売機《じどうはんばいき》にお金《かね》を入《い》れて、「う〜ん」と迷《まよ》ったように指《ゆび》を宙《ちゅう》に泳《およ》がせている女《おんな》の子《こ》の後《うし》ろ姿《すがた》には見覚《みおぼ》えがある。

ピンクのジャージーの上下《じょうげ》を着《き》た、さくらちゃんだった。

柔《やわ》らかそうな栗色《くりいろ》の髪《かみ》は、ほんの少《すこ》しだけまだぬれている。

「おはよう！　さくらちゃんも早起《はやお》きだね」

僕《ぼく》に急《きゅう》に声《こえ》をかけられて驚《おどろ》いたさくらちゃんは、「きゃっ！」と声《こえ》をあげ、その瞬間《しゅんかん》、ボタンを押《お》した。ゴトンと音《おと》がして取《と》り出《だ》し口《ぐち》にはお茶《ちゃ》の入《はい》ったペットボトルが落《お》ちてくる。

振《ふ》り返《かえ》ったさくらちゃんは、胸《むね》を手《て》で押《お》さえている。

「ああ、びっくりした。私《わたし》、なんかドキドキして、あんまりよ

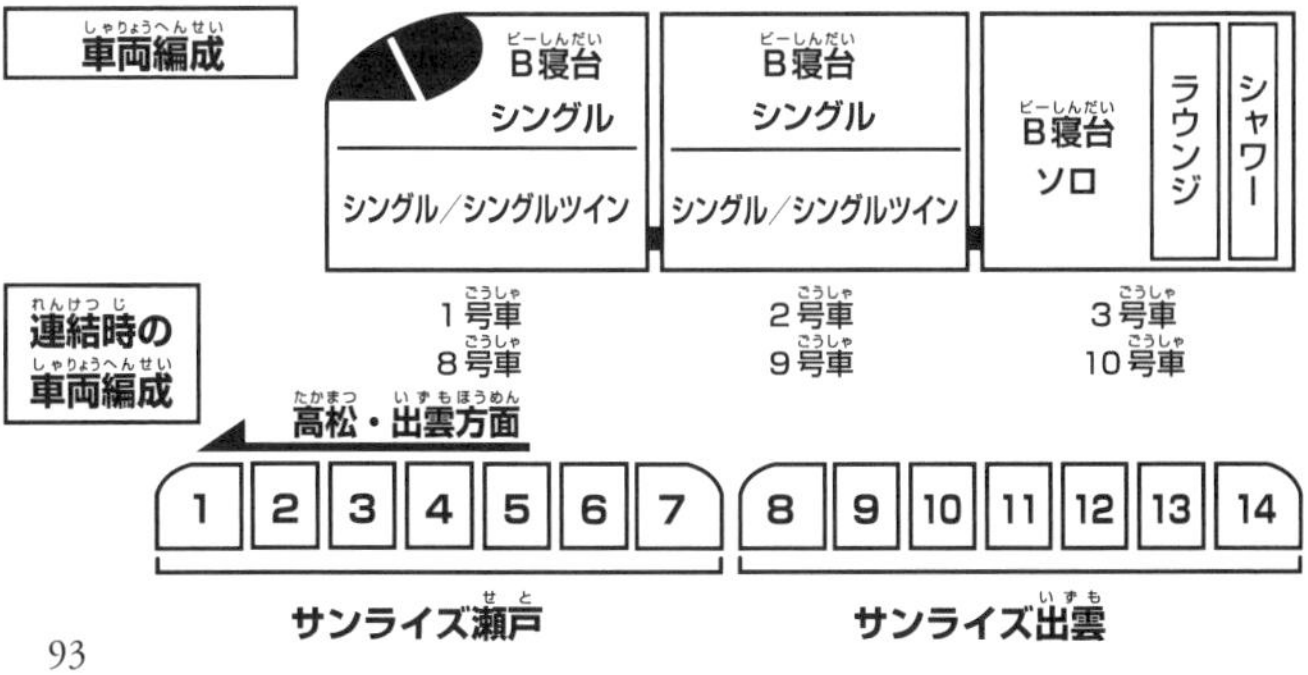

く眠《ねむ》れなかったの。雄太君《ゆうたくん》は眠《ねむ》れた？」

シャンプーなのか、さくらちゃんからふわっといい香《かお》りがした。

「本当《ほんとう》はシャワーを浴《あ》びてから寝《ね》ようと思《おも》ったんだけど、揺《ゆ》れが気持《きも》ちよすぎてぐっすり寝《ね》ちゃって、さっき目《め》が覚《さ》めたんだ」

「そっかぁ……ちょっと睡眠不足《すいみんぶそく》だわ、私《わたし》」

小《ちい》さな唇《くちびる》に右手《みぎて》を当《あ》ててさくらちゃんは「はぁぁ」とかわいくあくびする。

その気持《きも》ちはとってもよくわかる。

「僕《ぼく》も初《はじ》めて寝台列車《しんだいれっしゃ》に乗《の》った時《とき》はウキウキしちゃって、徹夜《てつや》しちゃったもん」

「徹夜《てつや》？」

さくらちゃんは目《め》を丸《まる》くする。僕《ぼく》は照《て》れて頭《あたま》の後《うし》ろをポリポリとかいた。

「寝《ね》るのがもったいなくてさ」

「あっははは。雄太君《ゆうたくん》らしいね」

目《め》を細《ほそ》めてさくらちゃんはケラケラと笑《わら》う。

手足《てあし》もしっかりと伸《の》ばせる寝台列車《しんだいれっしゃ》だから、ちゃんと寝《ね》たいと思《おも》うけど、熟睡《じゅくすい》しちゃったらもったいないような気《き》がするんだよね。

「もう一回《いっかい》、ベッドに横《よこ》になろうっと」

部屋《へや》に戻《もど》っていくさくらちゃんを見送《みおく》り、僕《ぼく》はスライド式《しき》のシャワー室《しつ》へと入《はい》った。

中《なか》に入《はい》ると、半畳《はんじょう》くらいのスペースに三角形《さんかくけい》の小《ちい》さな玄関《げんかん》と少《すこ》し高《たか》くなったところがある。ここが脱衣所《だついじょ》だ。

扉《とびら》を閉《し》めて鍵《かぎ》をかけて、鏡《かがみ》の下《した》に吊《つ》られた脱衣《だつい》かごに着《き》ていたものを入《い》れる。

左《ひだり》の壁《かべ》にはシャワーカードの挿入口《そうにゅうぐち》がある。カードをそこに入《い》れると、シャワー室内《しつない》の機械《きかい》に「6分《ぷん》00秒《びょう》」って文字《もじ》が表示《ひょうじ》され、これでシャワーが六分間利用可能《ろっぷんかんりようかのう》になるんだ。

家《いえ》のお風呂場《ふろば》にあるような真《ま》ん中《なか》で折《お》れる扉《とびら》を押《お》して、シャワー室《しつ》へと入《はい》って閉《と》じた。

壁《かべ》にある緑《みどり》のボタンを押《お》し、白《しろ》いシャワーヘッドから出《で》てくるお湯《ゆ》の温度《おんど》をダイヤルで調整《ちょうせい》する。

壁《かべ》にはもう一《ひと》つ赤《あか》いボタンがあるけど、これはお湯《ゆ》を止《と》めるボタンで、お湯《ゆ》が止《と》まればタイマーも止《と》まるって仕組《しく》み。シャワーがいらない時《とき》は止《と》めておけば、六分《ろっぷん》あれば余裕《よゆう》でシャンプーもできた。

ちなみにシャンプー&《アンド》リンスとボディソープもちゃんと備《そな》え付《つ》けのものが置《お》いてあるので、とても便利《べんり》だ。

脱衣所《だついじょ》には大《おお》きな鏡《かがみ》と白《しろ》いドライヤーがあるので、ここで髪《かみ》の毛《け》を乾《かわ》かす。

シャワールームから出《で》ると、すっかり夜《よ》は明《あ》けていた。

窓《まど》からキラキラと、朝日《あさひ》が車内《しゃない》へ入《はい》りこんでいる。

思《おも》わず僕《ぼく》は大《おお》きく手《て》を持《も》ち上《あ》げて、う〜んと背伸《せの》びをした。

「やっぱり朝《あさ》から寝台列車《しんだいれっしゃ》のシャワーを浴《あ》びるのは気持《きも》ちいい――――!!」

もしかしたらこんな瞬間《しゅんかん》こそ、僕《ぼく》にとって最高《さいこう》のぜいたくかも。

とにかく、とっても幸《しあわ》せだ。

誰《だれ》もいないラウンジを通《とお》り抜《ぬ》けて9号車《ごうしゃ》へ戻《もど》ると、女子《じょし》の部屋《へや》の扉《とびら》が開《あ》いている。僕《ぼく》らの部屋《へや》も。

みんな、連結《れんけつ》を切《き》り離《はな》すところを見《み》なければと早起《はやお》きしたのだ。

『おはよ――――!!』

みんな昨日《きのう》と同《おな》じ、少《すこ》し暖《あたた》かめの格好《かっこう》だ。

岡山駅《おかやまえき》の朝《あさ》は、まだきっと寒《さむ》いもんね。

僕《ぼく》も部屋《へや》の中《なか》へ入《はい》って、グリーンのパーカーを引《ひ》っつかんでそでを通《とお》す。

集合時間《しゅうごうじかん》の6時《じ》には少《すこ》しだけ早《はや》いけど、すでに全員集合《ぜんいんしゅうごう》というのもいい気分《きぶん》。

電車好《でんしゃず》きだったら、切《き》り離《はな》しを見逃《みのが》すわけにはいかないもん。

やがて、6時《じ》になると遠藤《えんどう》さんだけでなく佐川《さがわ》さんも降《お》りてきた。

さくらちゃんのマネージャーさんだから、どこへ行《い》くのにも同行《どうこう》するらしいんだけど、早朝《そうちょう》の電車《でんしゃ》の切《き》り離《はな》しまで見《み》にいくとは、びっくりだった。

「みんなしっかりそろっているなぁ？　じゃあ、連結部《れんけつぶ》に一番近《いちばんちか》いドアまで行《い》こうか」

僕《ぼく》らは一列《れつ》になって遠藤《えんどう》さんの後《うし》ろをついていく。

もちろん、そこはT3《ティースリー》だから来《き》た時《とき》とは違《ちが》うルートだ。

乗《の》りこんだ時《とき》は上《うえ》のフロアを歩《ある》いたから、今度《こんど》は下《した》のフロアを通《とお》る。

6時過《じす》ぎになると、上部《じょうぶ》スピーカーからは、岡山到着《おかやまとうちゃく》を知《し》らせるおはよう放送《ほうそう》が流《なが》れはじめた。

「皆《みな》さま、おはようございます。只今《ただいま》の時刻《じこく》は6時《じ》7分《ふん》です。この電車《でんしゃ》は時刻通《じこくどお》りに運転《うんてん》しております。あと約《やく》20分《ぷん》で岡山《おかやま》に到着《とうちゃく》いたします。岡山《おかやま》でお降《お》りのお客様《きゃくさま》はお忘《わす》れ物《もの》のないようご用意《ようい》ください。岡山《おかやま》ではサンライズ出雲号《いずもごう》とサンライズ瀬戸号《せとごう》を切《き》り離《はな》しいたします。間《ま》もなく切《き》り離《はな》し作業準備《さぎょうじゅんび》のため、7号車《ごうしゃ》と8号車《ごうしゃ》の通《とお》り抜《ぬ》けができなくなりますので、ご了承《りょうしょう》ください」

そのあと、岡山駅《おかやまえき》からの乗《の》り換《か》えについての案内《あんない》が続《つづ》いた。

ヒュユユユユユン。

ガクンと大《おお》きくスピードダウンすると、カメラを持《も》ちながら前《まえ》を歩《ある》いていた未来《みらい》は後《うし》ろへよろけた。

「おっとぉ」

僕《ぼく》は両手《りょうて》を伸《の》ばして、未来《みらい》の背中《せなか》を受《う》け止《と》める。

「未来《みらい》、電車《でんしゃ》の通路《つうろ》は壁《かべ》に手《て》をつきながら歩《ある》いたほうがいいよ」

「……カメラの調整《ちょうせい》をしてたから。でも、そんなんじゃなくて、この運転手《うんてんしゅ》さんがヘタだからじゃない？」

「そっ、そっかな？」

そうじゃないと思《おも》ったけど、未来《みらい》の口《くち》がとんがっていたので、言葉《ことば》を濁《にご》した。

運転手《うんてんしゅ》さんは安全第一《あんぜんだいいち》で走《はし》っていて、いろいろと大変《たいへん》だと思《おも》うんだ……。

「……まったく揺《ゆ》れずにスゥウゥって運転《うんてん》してほしいわよ。私《わたし》が運転手《うんてんしゅ》さんだったらきっとそうするわ。だって、自転車《じてんしゃ》と違《ちが》ってハンドルはないんだし、要《よう》するに『進《すす》んで停《と》まる』だけでしょ？」

「そっ、そりゃそうだけどさ」

それが大変《たいへん》なんじゃん。

再《ふたた》び歩《ある》きはじめた僕《ぼく》らは、9号車《ごうしゃ》と8号車《ごうしゃ》の間《あいだ》にあるデッキで立《た》ち止《ど》まった。

「連結部《れんけつぶ》はもっと先《さき》じゃないの」

さくらちゃんは前《まえ》を指差《ゆびさ》した。

「サンライズの先頭車前方《せんとうしゃぜんぽう》には乗務員用《じょうむいんよう》の扉《とびら》しかないから、ホームに降《お》りられないんだ」

僕《ぼく》がそう言《い》うと、さくらちゃんがうなずく。

「だから、こんなにたくさん人《ひと》がここで待《ま》っているのねぇ〜」

デッキには、手《て》にカメラを持《も》ったたくさんの人《ひと》がいた。

僕《ぼく》らみたいな小学生《しょうがくせい》もいるし、大人《おとな》の女《おんな》の人《ひと》や、おじいちゃんおばあちゃんのグループもいる。

「きっと、みんな切《き》り離《はな》しを見《み》ようと思《おも》って早起《はやお》きしてきた人《ひと》たちだよ」

「へぇ〜。電車《でんしゃ》の切《き》り離《はな》しって、すっごい人気《にんき》なのね」

「だって、サンライズでは一番《いちばん》のイベントだもん！」

僕《ぼく》はさくらちゃんに向《む》かって微笑《ほほえ》んだ。

やがて、静《しず》かにホームへすべりこみ停車《ていしゃ》すると、ドアがプシュュと開《あ》いた。

朝《あさ》の、ひんやりした空気《くうき》が車内《しゃない》へと一気《いっき》に入《はい》ってくる。

8号車先頭《ごうしゃせんとう》の扉《とびら》から、乗客《じょうきゃく》が次々《つぎつぎ》に8番線《ばんせん》ホームへ飛《と》び出《だ》す。

7号車《ごうしゃ》から先《さき》のサンライズ瀬戸《せと》からもドッと人《ひと》が出《で》てくるのが見《み》えた。

連結部《れんけつぶ》のあるホーム階段付近《かいだんふきん》は、まるで集合写真《しゅうごうしゃしん》の時《とき》みたいに、もう人《ひと》が鈴《すず》なりだ。

階段《かいだん》の前《まえ》へ向《む》かって歩《ある》いていく僕《ぼく》らから、遠藤《えんどう》さんがすっと離《はな》れていく。

「遠藤《えんどう》さんは見《み》ないのかな」

「どこへ行《い》くんだろう？」

僕《ぼく》とさくらちゃんが遠藤《えんどう》さんを目《め》で追《お》う。

「あっ」

「もしや、また駅弁《えきべん》？」

ホームで売店《ばいてん》の店員《てんいん》さんらしき人《ひと》から、大《おお》きなビニール袋《ぶくろ》を受《う》け取《と》った遠藤《えんどう》さんは、ニコニコ顔《がお》で笑《わら》ってお金《かね》を渡《わた》しているのが見《み》えた。

「もしかすると駅弁屋《えきべんや》さんに予約《よやく》を入《い》れて、ここまで届《とど》けてもらったんじゃないかな？」

「えっ!?　そんなこともできちゃうの？」

「そういうこともできるって聞《き》いたこともあるけど……やっている人《ひと》は初《はじ》めて見《み》たよ」

さすが、あなどれぬ駅弁鉄《えきべんてつ》！　おそるべし、遠藤《えんどう》さん！

「雄太《ゆうた》、さくらちゃん、こっちこっち」

未来《みらい》が手招《てまね》きをしたので、あわてて連結部《れんけつぶ》に駆《か》けよった。

黄色《きいろ》い線《せん》からはみ出《だ》さないようにしながら、T3全員《ティースリーぜんいん》、ホームの一番前《いちばんまえ》にしゃがみこんだ。

まずは、貫通幌《かんつうほろ》って名前《なまえ》のジャバラをオレンジの蛍光《けいこう》ベストを着《き》た作業員《さぎょういん》さんが外《はず》して、

サンライズ出雲側《いずもがわ》へ片《かた》づける。

通路間《つうろかん》に渡《わた》されていた台形《だいけい》の金属《きんぞく》ステップはすでにはね上《あ》げられていて、貫通幌《かんつうほろ》がなくなっちゃうと、もう、つながれているのは連結器《れんけつき》だけ。

285系《けい》の正面《しょうめん》にある扉《とびら》は、ボディに沿《そ》って左右《さゆう》に開《ひら》くしかけになっている。

シュユユユユユユユ。

空気《くうき》の抜《ぬ》けるような音《おと》がして、まずサンライズ瀬戸側《せとがわ》の扉《とびら》が閉《し》まり、続《つづ》いて出雲側《いずもがわ》の扉《とびら》が閉《し》まった。

「すごい、すごい!」

あれっ、まさか佐川《さがわ》さんの声《こえ》?

後《うし》ろから佐川《さがわ》さんの弾《はず》んだ声《こえ》が聞《き》こえたよ

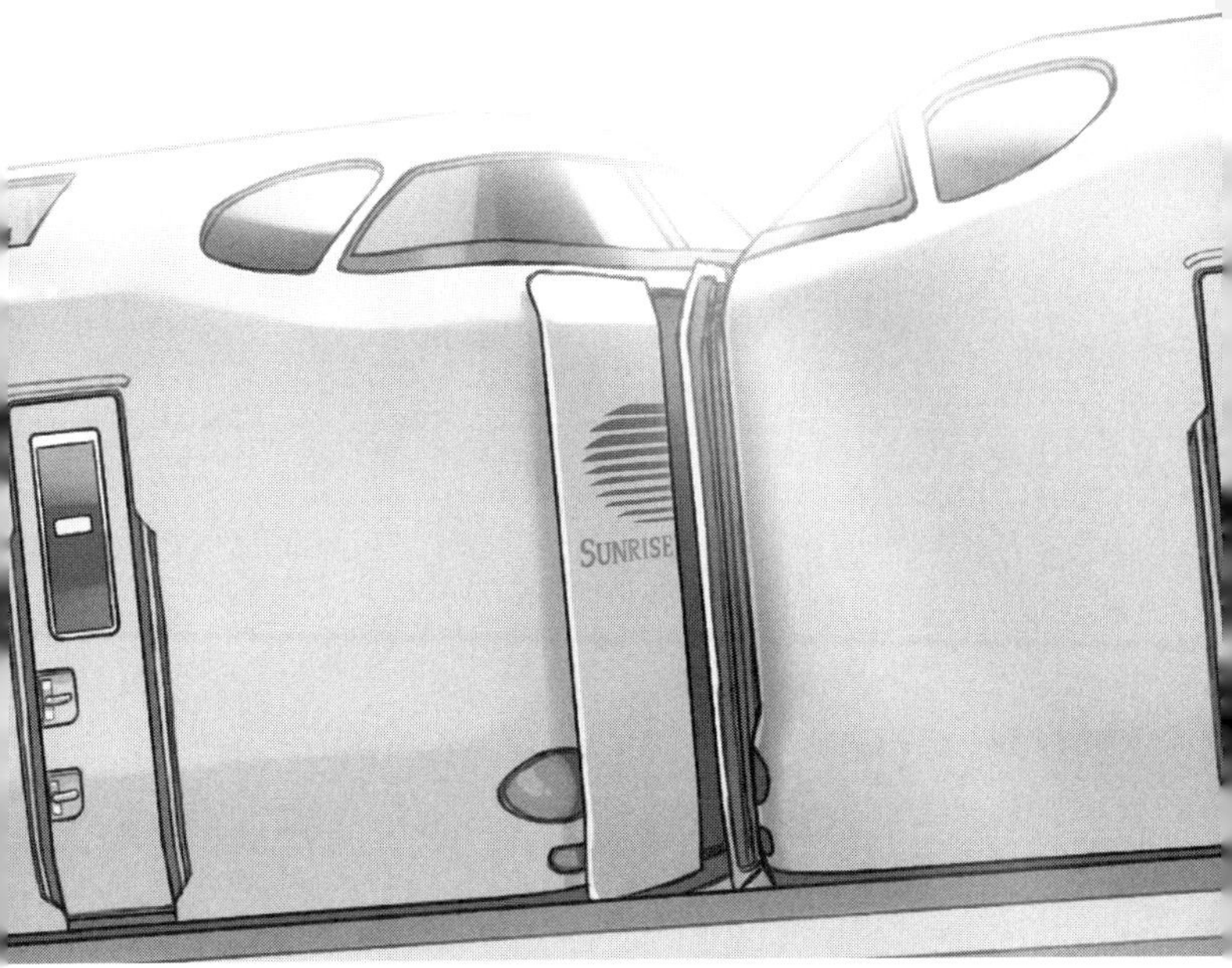

うな気《き》がした。

　サンライズ瀬戸《せと》の正面《しょうめん》下部《かぶ》左右《さゆう》にある長方形《ちょうほうけい》のテールライトが、赤《あか》く灯《とも》っているのが見《み》えた。

「あれってなに？　あんなの昨日《きのう》は光《ひか》っていなかったよね？」

「列車《れっしゃ》は前《まえ》に向《む》けてヘッドライト、後《うし》ろへ向《む》けては赤《あか》いテールライトを光《ひか》らせなくてはいけないって決《き》まりがあるんです。今《いま》までは編成《へんせい》の中間《ちゅうかん》でしたが、ここからはサンライズ瀬戸《せと》の最後尾《さいこうび》となるのであのライトが点《つ》いたんですよ」

　さくらちゃんに向《む》かって大樹《たいき》が説明《せつめい》した。

「へぇ～だから、サンライズ出雲《いずも》のほうはへッドライトが点《つ》いているのね」

ここからはサンライズ出雲《いずも》の先頭《せんとう》となる8号車正面下部《ごうしゃしょうめんかぶ》には、四《よっ》つのヘッドライトが明《あか》るく輝《かがや》きはじめていた。

「北斗星《ほくとせい》の時《とき》と比《くら》べて簡単《かんたん》って感《かん》じがするね」

カメラを向《む》けてムービー撮影《さつえい》していた未来《みらい》が、ファインダーをのぞいたまま言《い》った。

北斗星《ほくとせい》では切《き》り離《はな》しはないけど、先頭機関車《せんとうきかんしゃ》の交換《こうかん》が函館《はこだて》で見《み》られる。

T3《ティースリー》で乗《の》った時《とき》に見学《けんがく》したんだけど、その時《とき》は作業員《さぎょういん》さんが線路《せんろ》へ降《お》りて、バタバタ忙《いそが》しそうに作業《さぎょう》していた。

僕《ぼく》は両手《りょうて》を連結器《れんけつき》に見《み》たてて、目《め》の前《まえ》に出《だ》した。

「北斗星《ほくとせい》の場合《ばあい》は機関車《きかんしゃ》と客車《きゃくしゃ》を連結器《れんけつき》でつなぐだけじゃなくって、一緒《いっしょ》に電気《でんき》ケーブルや、ブレーキのホースなんかをつながなくちゃいけなかったからね」

さくらちゃんが身《み》を乗《の》り出《だ》した。

「じゃあ、サンライズの電気《でんき》ケーブルとかはどうしているの？」

僕《ぼく》は二《ふた》つの車両《しゃりょう》を唯一《ゆいいつ》つなげている連結器《れんけつき》を指差《ゆびさ》した。

「新《あたら》しい車両《しゃりょう》は連結器《れんけつき》の中《なか》に電気《でんき》ケーブルも入《はい》っていて、連結《れんけつ》すれば自動的《じどうてき》に接続《せつぞく》されるらしいよ」

「ふわぁ〜、電車《でんしゃ》ってどんどん進化《しんか》していくものなのねぇ」

腕《うで》を組《く》んださくらちゃんは、感心《かんしん》してうなずいた。

やがて鈴《すず》なりになっていたお客《きゃく》さんの山《やま》が半分《はんぶん》くらいくずれ、サンライズ瀬戸《せと》に向《む》かって足早《あしばや》に歩《ある》き出《だ》す。

連結《れんけつ》が切《き》り離《はな》されるということは、サンライズ瀬戸《せと》が動《うご》き出《だ》してしまうということなので、瀬戸《せと》のほうのお客《きゃく》さんは乗《の》り遅《おく》れないように注意《ちゅうい》しなければならない。

「8番《ばん》のりばからサンライズ瀬戸《せと》号高松行《ごうたかまついき》が発車《はっしゃ》しまーす」

ホームのスピーカーからアナウンスが響《ひび》き、発車《はっしゃ》を告《つ》げるベルが鳴《な》りはじめる。

サンライズ瀬戸《せと》のすべてのお客《きゃく》さんが中《なか》へと入《はい》るのを確認《かくにん》した車掌《しゃしょう》さんは、ピィィと笛《ふえ》を吹《ふ》いて扉《とびら》を閉《し》める。

車掌《しゃしょう》さんが乗務員扉《じょうむいんとびら》から中《なか》へ入《はい》ると同時《どうじ》に発車《はっしゃ》ベルは鳴《な》りやみ、先頭七両《せんとうりょう》のサンライズ瀬戸《せと》はゆっくりと岡山駅《おかやまえき》から出発《しゅっぱつ》していった。

後《うし》ろを振《ふ》り返《かえ》ると佐川《さがわ》さんは目《め》を閉《と》じて、ムニャムニャとなにかつぶやきながら、手《て》を合《あ》わせている。

「どうしたの、佐川《さがわ》さん？」

佐川《さがわ》さんは、ぱっと目《め》を開《あ》けた。

「えっ⁉　あっ、あぁ。『悪《わる》いものを切《き》り離《はな》す』って意味《いみ》で、離《はな》れていく瞬間《しゅんかん》にお願《ねが》いごとをするといいって、ネットで見《み》たんだけど……」

言《い》いながら、ちょっと決《き》まり悪《わる》そうに、佐川《さがわ》さんの声《こえ》はだんだん小《ちい》さくなっていく。

ドクターイエローにお願《ねが》いごとをしていた七海《ななみ》ちゃんと、佐川《さがわ》さん、もしかして、ちょっと似《に》てたりして……。

大樹《たいき》がニコリと笑《わら》った。

「それって最近《さいきん》言《い》われはじめましたよね。サンライズを調《しら》べていたら、その願《ねが》いごとの件《けん》、見《み》つけました」

「それで、佐川《さがわ》さん。なにをお願《ねが》いしたの？」

さくらちゃんに聞《き》かれた佐川《さがわ》さんの顔《かお》が、上気《じょうき》したように赤《あか》くなった。

「えっ、あの、それは……その……ねぇ……」

さくらちゃんの顔《かお》がいたずらっ子《こ》のような表情《ひょうじょう》に。

「聞《き》きたい、聞《き》きたいっ。なにをお願《ねが》いしたのか」

さらに佐川《さがわ》さんを追及《ついきゅう》しかけたさくらちゃんだったが、そんな時間《じかん》はもうない。

サンライズ瀬戸《せと》を見送《みおく》ったら、次《つぎ》はサンライズ出雲《いずも》の発車《はっしゃ》だからだ。

駅弁《えきべん》のみっちり入《はい》った袋《ふくろ》を両手《りょうて》に持《も》つ遠藤《えんどう》さんが声《こえ》をかけた。

「さあっ、急《いそ》いで。電車《でんしゃ》に戻《もど》ろう！」

早足《はやあし》で、先頭車《せんとうしゃ》となった8号車後方《ごうしゃこうほう》にある扉《とびら》を目指《めざ》す。

「8番《ばん》のりばからサンライズ出雲《いずも》、出雲市《いずもし》行《いき》が発車《はっしゃ》しまーす。まもなくドアが閉《し》まります」

そんなアナウンスに背中《せなか》を押《お》されるようにして、急《いそ》いで車内《しゃない》へと戻《もど》った。

連結《れんけつ》を見《み》ていたたくさんの人《ひと》もちゃんと戻《もど》り、ホームにはもう誰《だれ》もいない。

ガコンと扉《とびら》がゆっくりと動《うご》いて閉《し》まり、サンライズ出雲《いずも》は再《ふたた》び走《はし》り出《だ》した。

岡山出発《おかやましゅっぱつ》は6時《じ》34分《ぷん》。約《やく》七分間《ふんかん》の停車時間《ていしゃじかん》だった。

僕《ぼく》らが車内《しゃない》を歩《ある》いているうちに、ホームの黒《くろ》い壁《かべ》にしっくいが「×《バツ》」印《じるし》に塗《ぬ》りこまれた倉敷《くらしき》へと到着《とうちゃく》。またすぐに出発《しゅっぱつ》する。

ここからは伯備線《はくびせん》だ。

「倉敷《くらしき》を出発《しゅっぱつ》したから、6時《じ》47分《ふん》か」

大樹《たいき》は座《すわ》りながら、手帳《てちょう》にスルスルとメモをした。

「この時間《じかん》はあまり人《ひと》がいないんだよね。ちょっと早《はや》いけど朝ご飯《あさごはん》にしようか？」

遠藤《えんどう》さんがそう言《い》ったので、ラウンジスペースに全員《ぜんいん》がそろった。

ここは、真《ま》ん中《なか》にある通路《つうろ》を背《せ》にして左右《さゆう》のガラス窓《まど》に向《む》かって四《よっ》つずつ椅子《いす》が並《なら》び、全部《ぜんぶ》で八人《にん》が座《すわ》って景色《けしき》を見《み》られるようになっている。

窓《まど》の前《まえ》には三〇センチ程度《ていど》のカウンターもついていて、お弁当《べんとう》を食《た》べたり飲《の》み物《もの》を飲《の》んだりしながら、風景《ふうけい》を楽《たの》しむことができるんだ。

倉敷《くらしき》から伯備線《はくびせん》に入《はい》ったサンライズ出雲《いずも》の車窓《しゃそう》からは、とてもいい景色《けしき》が見《み》える。

線路周辺《せんろしゅうへん》にあった建物《たてもの》はどんどん減《へ》って、まだ苗《なえ》も植《う》えられていない茶色《ちゃいろ》の田《た》んぼが見《み》え、青々《あおあお》とした山《やま》に近《ちか》づいていく。

「いろいろあるから好《す》きなものを食《た》べていいよ」

遠藤《えんどう》さんのキャリーバッグには、ぎっしり駅弁《えきべん》が詰《つ》まっていた。

さっき、岡山駅《おかやまえき》で買《か》った駅弁《えきべん》をはじめ、「新横浜《しんよこはま》で一番《いちばん》おいしい」と遠藤《えんどう》さんが豪語《ごうご》するパン屋《や》さんの菓子《かし》パンまである。

「じゃあ、私《わたし》は『いい鶏弁当《とりべんとう》』食《た》べよっと！」

未来《みらい》は少《すこ》し小《ちい》さめの、楕円形《だえんけい》の駅弁《えきべん》をバシッと取《と》った。

「朝《あさ》はパンなことが多《おお》いですので……」

大樹《たいき》は箱《はこ》に入《はい》ったクラブハウスサンドを一《ひと》つ持《も》った。

僕《ぼく》はどうしようかな〜。

「私《わたし》も朝《あさ》からそんなには食《た》べられないなぁ」

さくらちゃんがつぶやく。

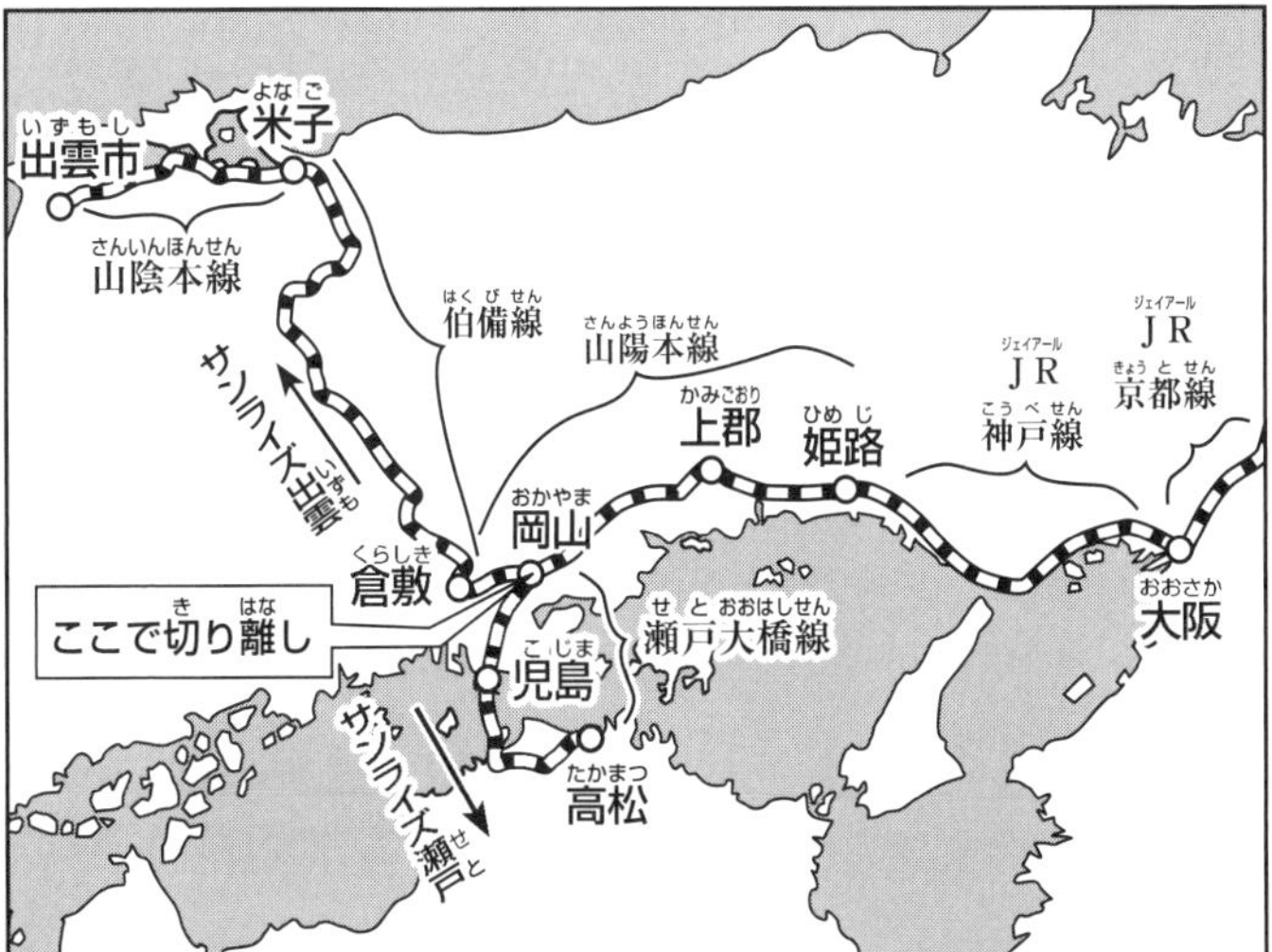

アイドルだからスタイルを考《かんが》えてダイエットとかしたりするのかな。

僕《ぼく》はさくらちゃんの横顔《よこがお》を見《み》た。

「でも、名物《めいぶつ》を食《た》べないわけにはいかな〜い！」

ニカッと笑《わら》ったさくらちゃんは『ばらずし弁当《べんとう》』と書《か》かれた二段重《だんがさ》ね駅弁《えきべん》を両手《りょうて》で持《も》った。

それ、量《りょう》がめっちゃある駅弁《えきべん》じゃん！

ダイエットを心配《しんぱい》していた僕《ぼく》は、思《おも》わず横《よこ》でズルリとすべった。

「岡山《おかやま》の駅弁《えきべん》は『ばらずし』がおいしいって聞《き》いていたから、ちょっと楽《たの》しみ〜」

上半身《じょうはんしん》を左右《さゆう》に揺《ゆ》らしながら、さくらちゃんは楽《たの》しそうに未来《みらい》と歩《ある》いていく。

「じゃあ、僕《ぼく》はこれをもらいます」

包《つつ》み紙《がみ》に『おにぎり幕《まく》の内《うち》』と書《か》かれた駅弁《えきべん》を僕《ぼく》はチョイスした。

「佐川《さがわ》さんもお一《ひと》つどうですか？」

「いえ、いつもそんなに食《た》べるほうじゃないので……」

たくさんのパンの中《なか》から、ビニール袋《ぶくろ》に入《はい》ったクロワッサンを一《ひと》つだけ取《と》り出《だ》したけれど、ちょっと心配《しんぱい》そうな顔《かお》をして続《つづ》ける。

「でも……私《わたし》が食《た》べないと、こちらの駅弁《えきべん》が余《あま》ってしまって、もったいないですよね？」

遠藤《えんどう》さんが駅弁《えきべん》ブラックホールなことを、佐川《さがわ》さんはまだ知《し》らない。

旅行《りょこう》へ行《い》くとたくさんの駅弁《えきべん》を買《か》うけど、残《のこ》したことなんて見《み》たことがない。

すべてあの胃袋《いぶくろ》の中《なか》に収《おさ》まってしまうのだ！

「がっはは。その心配《しんぱい》にはおよびません。残《のこ》りは僕《ぼく》がもらいますので」

「えっ!? まだ、五個《こ》くらいありますよ？」

佐川《さがわ》さんはちょっと心配《しんぱい》そうだけと、遠藤《えんどう》さんは「ほっほほ」と自分《じぶん》の前《まえ》の机《つくえ》に五個《こ》の駅弁《えきべん》を積《つ》み重《かさ》ねて、とてもご機嫌《きげん》。

横《よこ》で小《ちい》さなクロワッサン一《ひと》つと缶《かん》コーヒーを飲《の》んでいる佐川《さがわ》さんと、えらい違《ちが》いだ。

この食欲《しょくよく》を見《み》て、引《ひ》かない人《ひと》はいない。

こんなことだから遠藤《えんどう》さんってまだ結婚《けっこん》できないんじゃないの？

余計《よけい》なお世話《せわ》だけど、僕《ぼく》はちょっと心配《しんぱい》になっちゃう。

右《みぎ》の窓《まど》に前《まえ》から未来《みらい》、さくらちゃん、僕《ぼく》、大樹《たいき》と並《なら》び、反対側《はんたいがわ》の窓《まど》には佐川《さがわ》さんと遠藤《えんどう》さんが座《すわ》った。

『いっただきま～す！』

みんなで声《こえ》を合《あ》わせて言《い》った。

僕《ぼく》のテンションは朝《あさ》からはねあがる。

だって、鉄道好《てつどうず》きな仲間《なかま》が集《あつ》まって、寝台列車《しんだいれっしゃ》のミニラウンジで駅弁《えきべん》を広《ひろ》げて、みんなで食《た》べられるんだからねっ。

「さすが駅弁鉄《えきべんてつ》の遠藤《えんどう》さんの選《えら》ぶお弁当《べんとう》。おいしい～」

炊《た》きこみご飯《はん》の上《うえ》に載《の》っていた照《て》り焼《や》きにしたもも肉《にく》を、未来《みらい》はポーンと口《くち》へ入《い》れた。

薄《うす》い木《き》を楕円形《だえんけい》に曲《ま》げたお弁当箱《べんとうばこ》には、しっかり味付《あじつ》けされて茶色《ちゃいろ》に染《そ》まったご飯《はん》が敷《し》きつめられ、塩焼《しおや》き、照《て》り焼《や》き、唐揚《からあ》げにした鶏《とり》が載《の》せられている。

「うまいだろ。鶏《とり》がいい味出《あじだ》しているんだよ」

遠藤《えんどう》さんはていねいに包《つつ》み紙《がみ》を外《はず》して、一枚《まい》一枚《まい》ケータイのカメラで撮《と》ってから折《お》り畳《たた》む。

駅弁《えきべん》の包《つつ》み紙《がみ》を集《あつ》めている人《ひと》はとても多《おお》いんだ。

未来《みらい》の横《よこ》でさくらちゃんは、錦糸卵《きんしたまご》に包《つつ》まれたご飯《はん》を口《くち》に運《はこ》ぶ。

「ん〜っ、おいしい。ちらしずしみたいな感《かん》じだけど、瀬戸内海《せとないかい》が近《ちか》いからたくさんのお魚《さかな》が載《の》っているの、豪華《ごうか》ぁ。これ、大正解《だいせいかい》！」

「それが岡山《おかやま》の伝統的《でんとうてき》な『ばらずし』だからね」

遠藤《えんどう》さんが後《うし》ろでコメントを入《い》れる。僕《ぼく》はさくらちゃんを見《み》た。

「へぇ〜、でもさくらちゃん、ばらずしのこと、よく知《し》ってたね」

「前《まえ》にイベントで岡山《おかやま》に来《き》た時《とき》に、ファンの人《ひと》から教《おし》えてもらったの」

「あ、そうかぁ。さくらちゃんは全国回《ぜんこくまわ》っているんだっけ」

「まあ、あちこち行《い》っているかなぁ」

アイドルグループの『F5《エファ》』は、全国《ぜんこく》から呼《よ》ばれてライブやイベントをやるから、さくらちゃんもたくさん旅《たび》をしている。

でも、ほとんどの場所《ばしょ》は仕事《しごと》で行《い》って帰《かえ》ってくるだけなんだって。

「時間《じかん》がないから飛行機《ひこうき》で移動《いどう》することが多《おお》いの」

その時《とき》、目《め》の前《まえ》には川《かわ》が現《あらわ》れて、伯《はく》備《び》線《せん》と並行《へいこう》して走《はし》り出《だ》した。

川幅《かわはば》は広《ひろ》くたくさんの水《みず》に満《み》たされていてキラキラと輝《かがや》いている。

「すっごくきれいね！」

食《た》べるのを中断《ちゅうだん》して、未来《みらい》はカメラで川《かわ》を撮《と》る。

ベーコンとレタス、トマトがはさまれたボリュームたっぷりのサンドイッチを手《て》にした大樹《たいき》が、川《かわ》を見《み》つめながら口《くち》を開《ひら》く。

「これは高梁川《たかはしがわ》です。しばらく伯《はく》備《び》線《せん》と並行《へいこう》して走《はし》ります」

『へぇ～』

三人《にん》は感心《かんしん》して大樹《たいき》を見《み》つめた。

ここまで来《く》ると線路《せんろ》のすぐ近《ちか》くまで山《やま》が迫《せま》ってきて、山《やま》の中腹《ちゅうふく》からは、雲《くも》のような白《しろ》い霧《きり》ですっぽりおおわれている。

やがて高梁川《たかはしがわ》の川幅《かわはば》はどんどんせまくなり、僕《ぼく》らの進《すす》む方向《ほうこう》とは逆《ぎゃく》に、後《うし》ろへ向《む》かって勢《いきお》いよく流《なが》れはじめた。

そして気《き》がつくと伯《はく》備《び》線《せん》は単線《たんせん》になっていた。

大樹《たいき》の情報《じょうほう》では「備中高梁《びっちゅうたかはし》から先《さき》は、井倉《いくら》～石蟹《いしが》間《かん》をのぞいてすべて単線《たんせん》です」とのこと。

上流《じょうりゅう》に向《む》かって大《おお》きく蛇行《だこう》する高梁川《たかはしがわ》の脇《わき》を走《はし》るサンライズ出雲《いずも》も、カーブの連続《れんぞく》になる。

食事《しょくじ》をみんながすませた頃《ころ》、列車《れっしゃ》は山間《さんかん》の新見《にいみ》に停車《ていしゃ》した。

時刻《じこく》は7時《じ》42分《ふん》。

遠藤《えんどう》さんと佐川《さがわ》さんは部屋《へや》へ戻《もど》るって言《い》うので、僕《ぼく》らは昨日《きのう》できなかった車内探検《しゃないたんけん》へと出発《しゅっぱつ》することにした。

ラウンジからシャワー室《しつ》と自動販売機《じどうはんばいき》の間《あいだ》を抜《ぬ》けて廊下《ろうか》を歩《ある》く。

次《つぎ》の11号車《ごうしゃ》も階段《かいだん》はなく、車体《しゃたい》の右側《みぎがわ》にある廊下《ろうか》を進《すす》む。フラットに見《み》えるのだが、ところどころにある曲《ま》がり角《かど》からのぞきこむと、上《うえ》や下《した》へ向《む》かう階段《かいだん》が見《み》えた。

「ここってもしかして、高《たか》い部屋《へや》じゃない？」

探偵《たんてい》のような鋭《するど》い目《め》つきでつぶやいた未来《みらい》に、大樹《たいき》がうなずく。

「そうですね。この車両《しゃりょう》の二階《かい》にある部屋《へや》はすべてシングルデラックスで、一階《いっかい》はサンライズツインになっています」

「やっぱり！」

ドヤ顔《がお》の未来《みらい》はグッと胸《むね》を張《は》ると、さくらちゃんは木目《もくめ》の壁《かべ》をなでた。

「この車両《しゃりょう》だけ、一段《いちだん》と落《お》ち着《つ》きがあって高級感《こうきゅうかん》が倍増《ばいぞう》だもんね」

「シングルデラックスとサンライズツインってどんな部屋《へや》なの？」

廊下《ろうか》を後《うし》ろ向《む》きに歩《ある》きながら未来《みらい》は聞《き》く。

「一人用個室《ひとりようこしつ》のシングルデラックスはA寝台《エーしんだい》と呼《よ》ばれる少《すこ》しいい部屋《へや》で、大《おお》きめのベッドの他《ほか》に洗面台《せんめんだい》やライティングデスクがあるそうですよ」

「すごいっ。高《たか》い部屋《へや》は違《ちが》うなぁ」

「サンライズ出雲《いずも》では、シングルデラックスはたった六室《しつ》。けれどその六室専用《しつせんよう》のシャワールームが同《おな》じ11号車《ごうしゃ》に設置《せっち》されていて、宿泊者《しゅくはくしゃ》にはシャワーカードが一枚《まい》もらえて、さらに専用《せんよう》のアメニティキットもついているそうです」

「おぉ～それは豪華《ごうか》だね」

未来《みらい》に向《む》かって大樹《たいき》はうなずいた。

「シングルデラックスはサンライズの中《なか》で最《もっと》も静《しず》かな部屋《へや》だそうですよ。それから、サンライズツインのほうは、二人用《ふたりよう》B《ビー》寝台個室《しんだいこしつ》のことで、簡単《かんたん》に言《い》うと、遠藤《えんどう》さんや佐川《さがわ》さんが使《つか》っている部屋《へや》を二《ふた》つくっつけた正方形《せいほうけい》の部屋《へや》って感《かん》じです」

さくらちゃんは両手《りょうて》を上下《じょうげ》に並《なら》べた。

「私《わたし》たちの部屋《へや》はベッドがこんな風《ふう》に上下《じょうげ》にあるけど、サンライズツインはホテルのツインルームのようにベッドが横《よこ》に並《なら》んでいるのね」

「そうです、さくらさん。ベッドも僕《ぼく》らの部屋《へや》より少《すこ》し大《おお》きいようですが、装備《そうび》はシングルデラックスみたいに豪華《ごうか》ってわけじゃなさそうです」

「そっか～だったら、今度《こんど》はシングルデラックスに乗《の》りたいなっ」

「きっと、VIP《ヴィアイピー》のさくらさんには、とってもお似合《にあ》いの部屋《へや》だと思《おも》いますよ」

大樹《たいき》は微笑《ほほえ》んだ。

「えへへ、ありがとう、大樹君《たいきくん》」

ニコリとさくらちゃんは笑《わら》った。

それは僕《ぼく》も同感《どうかん》。アイドルのさくらちゃんになら、そんな部屋《へや》がぴったり。

11号車《ごうしゃ》からデッキを渡《わた》って12号車《ごうしゃ》へ入《はい》ると、先頭《せんとう》を歩《ある》く未来《みらい》は思《おも》わず声《こえ》をあげた。

「ここって楽《たの》しそうじゃない？　雄太《ゆうた》」

「ここが寝台料金《しんだいりょうきん》のいらない『ノビノビ座席《ざせき》』だよ」

座席《ざせき》とはいっても新幹線《しんかんせん》なんかとまったく違《ちが》っていて、グレーのカーペットが敷《し》かれたスペースが上下《じょうげ》二段《だん》でどーんと広《ひろ》がっていて、完全《かんぜん》にゴロンと横《よこ》になって寝《ね》られる。

個室《こしつ》にはなっていないけど、窓際《まどぎわ》にはU字型《ユーじがた》の木製《もくせい》の大《おお》きな仕切《しき》り板《いた》もあるし、通路《つうろ》に面《めん》した部分《ぶぶん》にはカーテンがついていて、プライベート空間《くうかん》は確保《かくほ》できそうだった。

「えっ!?　ちゃんと横《よこ》になって寝《ね》られるのに、寝台料金《しんだいりょうきん》いらないの？　それってすっごくお得《とく》じゃない」

大樹《たいき》が手帳《てちょう》をすっと開《ひら》く。

「さっきのA《エー》寝台《しんだい》シングルデラックスなら一晩《ひとばん》で一万《まん》三七三〇円《えん》、僕《ぼく》らの部屋《へや》でも寝台料《しんだいりょう》金《きん》は二人《ふたり》で一万《まん》四八三〇円《えん》かかりますが、ここではそれが無料《むりょう》ってことですね」

「一応《いちおう》、特別指定席料金《とくべつしていせきりょうきん》二六〇円《えん》はいるけどね」

「それでも全然格安《ぜんぜんかくやす》じゃない！」

未来《みらい》は驚《おどろ》きながら、誰《だれ》も寝《ね》ていない場所《ばしょ》をカメラでカシャリと撮《と》った。

「カーペットだからB《ビー》寝台《しんだい》なんかに比《くら》べるとゴツゴツしていて寝心地《ねごこち》が悪《わる》いけど、山登《やまのぼ》りやキャンプが趣味《しゅみ》で寝袋《ねぶくろ》を持《も》ち歩《ある》いている人《ひと》なんかにはちょうどいいよね」

「それいいねっ！　電車《でんしゃ》の中《なか》でキャンプみたい」

さくらちゃんが目《め》を輝《かがや》かせた。

「料金《りょうきん》は安《やす》いし、キャンプか修学旅行《しゅうがくりょこう》みたいで楽《たの》しそうだし、これはまた七海《ななみ》ちゃんと一《いっ》緒《しょ》に乗《の》りに来《く》るしかないね」

未来《みらい》もそう言《い》ってみんなの顔《かお》を見回《みまわ》す。

『おぉぉぉ！』

と、僕《ぼく》らは声《こえ》を合《あ》わせて手《て》を上《あ》げた。

今回《こんかい》はアメリカ旅行《りょこう》と重《かさ》なってしまって残念《ざんねん》だったけど、七海《ななみ》ちゃんともサンライズには乗《の》ってみたいよね。

12号車《ごうしゃ》はすべてこのノビノビ座席《ざせき》で、その後《うし》ろには僕《ぼく》らの9号車《ごうしゃ》と同《おな》じ感《かん》じの13号車《ごうしゃ》、最後尾車《さいこうびしゃ》の14号車《ごうしゃ》と続《つづ》く。

その二両《りょう》は特《とく》に珍《めずら》しいって部分《ぶぶん》はないけど、こうやってダブルデッカーとなっている車《しゃ》内《ない》に通《とお》っている通路《つうろ》を歩《ある》いていると、まるで洞窟探検《どうくつたんけん》みたいな気《き》がして楽《たの》しい。

最後尾《さいこうび》の扉《とびら》まで歩《ある》くと、やっと車内探検《しゃないたんけん》が終了《しゅうりょう》。

そこからは一両《りょう》ずつ、行《い》きとは違《ちが》うフロアを歩《ある》きながら自分《じぶん》たちの部屋《へや》へ戻《もど》った。

部屋《へや》へと戻《もど》った僕《ぼく》らは、廊下《ろうか》へ通《つう》じる扉《とびら》を開《あ》けっ放《ぱな》しにした。

こうすると、両側《りょうがわ》の車窓《しゃそう》が見《み》られてとても気持《きも》ちがいい。

「下《した》のベッドに二人《ふたり》で座《すわ》っているのも、ちょっと苦《くる》しいよね」

部屋《へや》をのぞきこんだ未来《みらい》はぼやいた。

あれ？　未来《みらい》は知《し》らなかったっけ？

「シングルツインの下段《げだん》ベッドはソファに変形《へんけい》できるよ。ちょっと、よけてくれる？」

「そんなことできるの!?」

未来《みらい》はポンと廊下《ろうか》へ飛《と》び出《だ》し、さくらちゃんは上段《じょうだん》ベッドに上《のぼ》って顔《かお》だけちょこんと出《だ》して僕《ぼく》の動《うご》きを見《み》つめた。

部屋《へや》へ入《はい》った僕《ぼく》は、下段《げだん》ベッドの真《ま》ん中《なか》のところを外《はず》した。

今《いま》まで隠《かく》れていたベッドの下段部分《げだんぶぶん》のパネルが壁《かべ》に沿《そ》って立《た》ち上《あ》がり、向《む》かい合《あ》わせの二台《だい》の緑《みどり》のシートが現《あらわ》れる。

最後《さいご》に窓際《まどぎわ》に折《お》りこまれていたテーブルを取《と》り出《だ》し、シートとシートの間《あいだ》にカチンと設《せっ》置《ち》した。

『さすが、雄太君《ゆうたくん》、すごい！』

女子二人《じょしふたり》の拍手《はくしゅ》が心地《ここち》よい。

「こっちもそうするか」

大樹《たいき》が手際《てぎわ》よく、シートを取《と》り出《だ》していく。

車窓《しゃそう》からは、さっきの川《かわ》が見《み》えている。

「川幅《かわはば》がかなり細《ほそ》くなってきたわね」

すっかり人家《じんか》も少《すく》なくなっていた。

細《ほそ》い谷間《たにま》を流《なが》れる川幅《かわはば》はぐっとせまく、流《なが》れは速《はや》い。

サンライズ出雲《いずも》が、ゴォォとトンネルに突入《とつにゅう》したのはその時《とき》だ。

真《ま》っ暗《くら》な時間《じかん》が数分《すうふん》続《つづ》いてから、再《ふたた》び太陽《たいよう》の下《もと》へと飛《と》び出《だ》す。

「あれっ！　川《かわ》が電車《でんしゃ》と同《おな》じ方向《ほうこう》へ流《なが》れているよ」

窓《まど》の外《そと》を見《み》つめたさくらちゃんが驚《おどろ》いた声《こえ》を出《だ》した。

「ほんとだ。さっきまでは電車《でんしゃ》と逆《ぎゃく》の方向《ほうこう》に流《なが》れていたのに、今《いま》は同《おな》じほうに向《む》かって流《なが》れている」

未来《みらい》がそう言《い》いながらカメラを構《かま》える。

「たぶん、さっきのトンネルが分水嶺《ぶんすいれい》の場所《ばしょ》だったんですね」

大樹《たいき》が言《い》った。

『ぶん　すい　れい？』

ポカーンと口《くち》を開《あ》けて三人《にん》で聞《き》き返《かえ》す。

「岡山県《おかやまけん》と鳥取県《とっとりけん》の間《あいだ》には高《たか》い山《やま》があって、ここに降《ふ》った雨《あめ》はそれぞれ日本海《にほんかい》と瀬戸内海《せとないかい》に向《む》かって流《なが》れていくんですが、その分《わ》かれ目《め》のところを分水嶺《ぶんすいれい》って呼《よ》ぶんです」

「雨水《あまみず》の分《わ》かれ道《みち》ってことよね、大樹君《たいきくん》」

「そういうことです、さくらさん」

大樹《たいき》が微笑《ほほえ》む。さくらちゃんが満足《まんぞく》そうにうなずいた。

列車《れっしゃ》は分水嶺《ぶんすいれい》を越《こ》えて鳥取県《とっとりけん》へ入《はい》ると、山間《やまあい》を抜《ぬ》け田《た》んぼが広《ひろ》がりはじめた。

そして、ひときわ大《おお》きな駅《えき》へ。

鳥取《とっとり》の鉄道玄関口《てつどうげんかんぐち》、米子《よなご》だ。

到着《とうちゃく》したのはY字型《ワイじがた》の古《ふる》いトタンの屋根《やね》のある2番線《ばんせん》。

米子《よなご》はとても大《おお》きな駅《えき》で、左《ひだり》の窓《まど》からは横《よこ》に広《ひろ》がる巨大《きょだい》な車両基地《しゃりょうきち》が見《み》えていて、未来《みらい》の好物《こうぶつ》がズラッと並《なら》んでいた。

みんなで僕《ぼく》と大樹《たいき》の部屋《へや》へとドッと移動《いどう》して窓《まど》にはりつく。

「うそっ！　あれはキハ40！　こっちはラッセル車《しゃ》！」

未来《みらい》がパタパタと、カメラとレンズをバッグから取《と》り出《だ》す。

急《いそ》いでレンズを望遠《ぼうえん》に換《か》え、数本先《すうほんさき》に停《と》まっている赤《あか》や黄色《きいろ》の列車《れっしゃ》にカメラを向《む》ける。

「本当《ほんとう》だ、ラッセル車《しゃ》ですね。僕《ぼく》もこれは初《はじ》めて見《み》ます」

大樹《たいき》も窓《まど》に顔《かお》をくっつけて興味津々《きょうみしんしん》。

「ラッセル車《しゃ》ってなに？」

そうたずねたさくらちゃんに、大樹《たいき》は赤《あか》い機関車《きかんしゃ》を指差《ゆびさ》した。

「前後《ぜんご》にシャベルみたいな車両《しゃりょう》を付《つ》けた、DE15《ディーイー》って機関車《きかんしゃ》が見《み》えるでしょ？　あれがラッセル車《しゃ》です。レールに降《ふ》り積《つ》もった雪《ゆき》を押《お》していくんです」

「じゃあ、もしかして、ラッセルは英語《えいご》で『押《お》す』とか『除雪《じょせつ》』って意味《いみ》なのかな？」

僕《ぼく》は首《くび》を横《よこ》に振《ふ》る。

「ラッセルっていうのは実《じつ》は除雪用列車《じょせつようれっしゃ》を作《つく》っていた会社《かいしゃ》のことで、そこから付《つ》いた名前《なまえ》なんだって」

「そうなんだぁ。それでラッセル車《しゃ》があるってことは……あの、東京《とうきょう》や横浜《よこはま》から比《くら》べて南《みなみ》って感《かん》じがするのに、米子《よなご》には冬《ふゆ》にはたくさん雪《ゆき》が降《ふ》るってことなのかな」

「うん。ここは日本海《にほんかい》で湿《しめ》った雲《くも》が上陸《じょうりく》する場所《ばしょ》で、豪雪地帯《ごうせつちたい》なんだって聞《き》いたよ。冬《ふゆ》に

吹雪《ふぶき》になったら電車《でんしゃ》は遅《おく》れたり止《と》まったり、大変《たいへん》なことになるんだって」

未来《みらい》は本当《ほんとう》だったら電車《でんしゃ》から飛《と》び出《だ》して車両《しゃりょう》を撮影《さつえい》したいくらいの勢《いきお》いだけど、ここで降《お》りるわけにもいかないから、あっちこっちの窓《まど》に移動《いどう》してはシャッターを切《き》っている。

無情《むじょう》にもガクンとひと揺《ゆ》れし、サンライズ出雲《いずも》はまた動《うご》き出《だ》した。

「あ〜ぁ、まっ、ちょっと待《ま》ってぇ〜……あっ、ターンテーブル！」

どんどん速《はや》くなるサンライズ出雲《いずも》の窓《まど》から、未来《みらい》は必死《ひっし》でシャッターを切《き》っている。

レンズの先《さき》には、蒸気機関車《じょうききかんしゃ》などが使《つか》っていた進行方向《しんこうほうこう》を入《い》れ換《か》える大《おお》きな円形《えんけい》の機械《きかい》があって、その先《さき》には扇形《おうぎがた》の機関車車庫《きかんしゃしゃこ》も残《のこ》っていた。

こういう施設《しせつ》って関東《かんとう》じゃかなり少《すく》なくなってしまっているんだよね。

ターンテーブルから続《つづ》く側線《そくせん》には、白《しろ》と青《あお》に塗《ぬ》られたDE《ディーイー》15が停《と》まっている。

「あれはDE《ディーイー》15の2558ですね」

「えっ、大樹君《たいきくん》、こんな速《はや》い電車《でんしゃ》の中《なか》から、あんな小《ちい》さなプレートが読《よ》み取《と》れるの？」

驚《おどろ》くさくらちゃんに大樹《たいき》は微笑《ほほえ》む。

「あの白《しろ》と青《あお》に塗《ぬ》られたディーゼル機関車《きかんしゃ》は、木次線《きすきせん》を走《はし》る観光《かんこう》トロッコ列車《れっしゃ》『奥出雲《おくいずも》おろち号《ごう》』を牽引《けんいん》する専用機関車《せんようきかんしゃ》で、あの色《いろ》のＤＥ１５《ディーイー》は一台《だい》しかないんです」

さくらちゃんの顔《かお》がパァと明《あか》るくなった。

「じゃあ、あれはレアものってこと？」

「そうですね。全国《ぜんこく》でもたった一台《だい》のＤＥ１５《ディーイー》ですから」

右《みぎ》の指《ゆび》をパチンと鳴《な》らす。

「こういうのを見《み》ると、なんだか『すごくラッキー!!』って感《かん》じがするね」

「はい。僕《ぼく》もそう思《おも》います」

やがてたくさん横《よこ》を走《はし》っていた線路《せんろ》はだんだん集《あつ》まって、僕《ぼく》らの走《はし》っている単線《たんせん》だけになった。

そこで、やっと未来《みらい》はカメラから目《め》を離《はな》す。

「失敗《しっぱい》したなぁ。米子《よなご》がこんなにすごいところって知《し》っていたら、駅《えき》に到着《とうちゃく》する前《まえ》からちゃんとカメラを構《かま》えて準備《じゅんび》して待《ま》っていたのに……」

未来《みらい》がちょっとしょんぼりとなったので、僕《ぼく》は背中《せなか》をポンとたたいた。

「じゃあ、やっぱり七海《ななみ》ちゃんともう一回来《いっかいこ》なくちゃダメだね」

「今度《こんど》来《き》た時《とき》は『米子《よなご》』で降《お》りて、車庫《しゃこ》をゆっくり撮影《さつえい》する〜!!」

気合《きあい》を入《い》れて未来《みらい》が鼻《はな》からフンッと息《いき》を抜《ぬ》いたので、僕《ぼく》らは思《おも》いきり笑《わら》った。


サンライズ出雲《いずも》は、駅《えき》の横《よこ》に大《おお》きな工場《こうじょう》のある安来《やすぎ》、島根県《しまねけん》の県庁所在地《けんちょうしょざいち》の松江《まつえ》と停車《ていしゃ》して、さらに山陰本線《さんいんほんせん》を西《にし》へ向《む》かってひた走《はし》る。

松江《まつえ》到着《とうちゃく》は9時半《じはん》ちょうどだから、終点出雲市《しゅうてんいずもし》まではあと約三十分《やくさんじゅっぷん》。

遠藤《えんどう》さんがやってきて「そろそろ降《お》りる準備《じゅんび》をするんだよ」って声《こえ》をかけてくれた。

みんなで室内《しつない》のゴミを集《あつ》めてデッキのゴミ箱《ばこ》に捨《す》て、バッグから出《だ》した着替《きが》えや洗面道《せんめんどう》具《ぐ》やタオルなんかをしまう。

その時《とき》、未来《みらい》の部屋《へや》の窓《まど》に真《ま》っ青《さお》な湖《みずうみ》が広《ひろ》がった。

『うわぁぁぁぁぁぁ』

思《おも》わず片《かた》づける手《て》を止《と》めて、四人《よにん》で見《み》とれてしまう。

「これが宍道湖《しんじこ》なんですね」

大樹《たいき》のメガネに映《うつ》りこむ真《ま》っ青《さお》な空《そら》と湖《みずうみ》。

湖面《こめん》は春《はる》の太陽《たいよう》の光《ひかり》を受《う》けてキラキラと光《ひか》り、線路《せんろ》と湖岸《こがん》との間《あいだ》には一本《いっぽん》の二車線道路《しゃせんどうろ》があって、車《くるま》が気持《きも》ちよさそうに走《はし》っていた。

最後《さいご》の停車駅《ていしゃえき》・宍道《しんじ》を出《で》ると、チャイムが鳴《な》って最終《さいしゅう》アナウンスが流《なが》れる。

「ご乗車《じょうしゃ》ありがとうございました。まもなく、終点出雲市《しゅうてんいずもし》です。お出口《でぐち》は左側《ひだりがわ》、3番《ばん》のりばに到着《とうちゃく》いたします。列車《れっしゃ》とホームの間《あいだ》が開《ひら》いているところがあります。お降《お》りの際《さい》はお足元《あしもと》にお気《き》をつけください。乗《の》り換《か》えのご案内《あんない》をいたします――」

車掌《しゃしょう》さんはここから乗《の》り継《つ》げる列車《れっしゃ》について、ていねいに説明《せつめい》してくれた。

このアナウンスが終《お》わると、サンライズ出雲《いずも》はぐっと減速《げんそく》しはじめる。

やがて、線路《せんろ》がコンクリートで囲《かこ》まれた高架線《こうかせん》へと上《あ》がり、出雲市《いずもし》へと到着《とうちゃく》した。

到着《とうちゃく》は定刻通《ていこくどお》りの9時《じ》58分着《ぷんちゃく》で、出雲市駅《いずもしえき》3番線《ばんせん》。

僕《ぼく》らは、遠藤《えんどう》さんと佐川《さがわ》さんと合流《ごうりゅう》して、デッキからホームへと降《お》り立《た》つ。

駅《えき》は高架《こうか》になっているから周囲《しゅうい》をグルリと見渡《みわた》せてとても気持《きも》ちいい。

ホームへ降《お》りて先頭車《せんとうしゃ》の方向《ほうこう》に未来《みらい》と僕《ぼく》が歩《ある》き出《だ》すと、

「改札口《かいさつぐち》はこっちでしょ？」

と、さくらちゃんが戸惑《とまど》った顔《かお》を見《み》せた。

そうなんだけど、ここ出雲市《いずもし》でもサンライズ出雲《いずも》でやらなくてはならないことがある！

「記念撮影《きねんさつえい》。ここでやるのが最高《さいこう》なんだ。せっかくだから、みんなで行《い》って写真《しゃしん》を撮《と》ろうよ！」

『おううう！』

二両分《りょうぶん》、約《やく》四〇メートルを素早《すばや》く歩《ある》いて、屋根《やね》のないホームの先頭《せんとう》まで移動《いどう》。

すでに何人《なんにん》かが記念撮影《きねんさつえい》をしていた。順番《じゅんばん》を待《ま》ってみんなで先頭車《せんとうしゃ》を背《せ》にして並《なら》ぶ。

「シャッター押《お》しましょうか？」

ＪＲ西日本《ジェイアールにしにほん》の乗務員《じょうむいん》さんが声《こえ》をかけてくれた。

「すみません。ここがシャッターで、オートですからよろしくお願《ねが》いします」

未来《みらい》が自分《じぶん》たちのカメラを手渡《てわた》す。やさしい笑顔《えがお》の乗務員《じょうむいん》さんの「チーズ」って声《こえ》に合《あ》わせて、僕《ぼく》らも『チーズ』と答《こた》えて笑顔《えがお》を作《つく》った。

カシャンって音《おと》がしてシャッターが切《き》られたので、みんなで頭《あたま》を下《さ》げてお礼《れい》を言《い》う。

そして、すぐに次《つぎ》の人《ひと》に場所《ばしょ》をゆずった。もちろん、みんな自分《じぶん》のケータイを取《と》り出《だ》して正面《しょうめん》をカメラに収《おさ》める。

終点《しゅうてん》ってことで長《なが》めに停車《ていしゃ》しているけど、サンライズはいつまでも停《と》まっているわけじゃないからね。

横浜駅《よこはまえき》では夜《よる》だから、ちゃんと撮影《さつえい》できないし、岡山《おかやま》では先頭《せんとう》まで行《い》っている時間《じかん》がないから、サンライズ出雲《いずも》の写真《しゃしん》を一番《いちばん》きれいに撮《と》れるのは、ここ出雲市《いずもし》ってことになるんだ。

やがて、扉《とびら》が閉《し》まりゆっくりと走《はし》り出《だ》したサンライズ出雲《いずも》を見送《みおく》った僕《ぼく》たちは、ホーム中央付近《ちゅうおうふきん》に戻《もど》り、エスカレーターに乗《の》って一階《いっかい》に下《お》りた。

改札口《かいさつぐち》には腰《こし》ぐらいまでの高《たか》さの、人《ひと》が一人《ひとり》入《はい》れる銀《ぎん》のブースがあり、駅員《えきいん》さんがその中《なか》に立《た》ち、乗客《じょうきゃく》のきっぷを回収《かいしゅう》したり改札《かいさつ》したりしていた。

「あれ、自動改札機《じどうかいさつき》はないんですか？」

佐川《さがわ》さんの目《め》が丸《まる》くなった。

関東《かんとう》では、もうこうした有人《ゆうじん》の改札《かいさつ》が少《すく》なくなっている。

「ローカル線《せん》だと、今《いま》でも、駅員《えきいん》さんがきっぷを回収《かいしゅう》する手動改札《しゅどうかいさつ》はたくさん残《のこ》っていますよ。私《わたし》は、駅員《えきいん》さんが笑顔《えがお》で見送《みおく》ったり出迎《でむか》えてくれる、この手動改札《しゅどうかいさつ》が大好《だいす》きです」

遠藤《えんどう》さんはそう言《い》って佐川《さがわ》さんに微笑《ほほえ》んだ。

僕《ぼく》と大樹《たいき》は、駅員《えきいん》さんにきっぷを手渡《てわた》しながらお願《ねが》いする。

「無効印《むこういん》を押《お》して、きっぷをもらえますか？」

「ええ、いいですよ。サンライズ出雲《いずも》で来《こ》られたんですね。ようこそ島根《しまね》へ」

駅員《えきいん》さんはニコニコしながら、乗車券《じょうしゃけん》と特急券《とっきゅうけん》の表面《ひょうめん》に小《ちい》さな長方形《ちょうほうけい》の黒《くろ》い印《いん》を押《お》して戻《もど》してくれた。そこには『乗車記念《じょうしゃきねん》／使用済《しようずみ》』って書《か》かれている。

こうやってお願《ねが》いすると、使用済《しようずみ》きっぷはもらえるんだ。

長《なが》い旅《たび》の時《とき》は、僕《ぼく》はいつもこうしてきっぷをもらっていて、家《いえ》の大《おお》きな箱《はこ》にコレクションとして保存《ほぞん》してある。

たまに箱《はこ》を開《ひら》いてきっぷを見《み》ると、その時《とき》の思《おも》い出《で》が一気《いっき》によみがえってきて、とても楽《たの》しい。

未来《みらい》もさくらちゃんもきっぷをもらった。そして、

「わっ、私《わたし》も記念《きねん》にもらっていいですか？」

おっ、佐川《さがわ》さんまで。

まさか、佐川《さがわ》さん、鉄道好《てつどうず》き!?　ていうか、好《す》きになってきている？

「ようこそ島根《しまね》へ」

駅員《えきいん》さんはしっかりと印《いん》を押《お》して佐川《さがわ》さんに渡《わた》した。佐川《さがわ》さんは「へ～こうやってもらえるんだ」ってまるで子《こ》どもみたいに喜《よろこ》んでる！

改札《かいさつ》から左《ひだり》へ歩《ある》いて北口《きたぐち》に。そこで振《ふ》り返《かえ》って、改《あらた》めて駅入口《えきいりぐち》を見上《みあ》げた。

「この駅舎《えきしゃ》ってすごい形《かたち》してるなぁ」

カメラを向《む》けながら未来《みらい》が言《い》った。

確《たし》かに。

北口玄関《きたぐちげんかん》は、交差《こうさ》した大《おお》きなグレーの尖《とが》った太《ふと》い柱《はしら》に、すべり台《だい》のようななだらかな屋《や》根《ね》が載《の》せてあり、神様《かみさま》の国《くに》の入《い》り口《ぐち》にある駅《えき》って感《かん》じがする。

「出雲大社《いずもたいしゃ》の本殿《ほんでん》をイメージしたということですよ」

大樹《たいき》が時刻表《じこくひょう》を開《ひら》きながら未来《みらい》に言《い》った。

「なるほど、そういうことなのね」

「講習会《こうしゅうかい》は15時《じ》40分《ぷん》からだから、それまで出雲大社《いずもたいしゃ》にでも行《い》こうか？」

遠藤《えんどう》さんが言《い》った。

「……出雲大社《いずもたいしゃ》へ向《む》かうんですか？」

大樹《たいき》の目《め》がキラーンと反応《はんのう》したような気《き》がした。

「いいですねぇ。出雲大社《いずもたいしゃ》は『縁結《えんむす》び』の神社《じんじゃ》ですからね」

佐川《さがわ》さんがニコリと笑《わら》うと、未来《みらい》がきょとんとした顔《かお》をした。

「縁結《えんむす》び？」

「神様《かみさま》に『いい人《ひと》との縁《えん》を結《むす》んでください』とか『今好《います》きなあの人《ひと》と結婚《けっこん》したい』とかお願《ねが》いしてかなえてもらうことっ」

さくらちゃんがすかさず言《い》った。未来《みらい》がパンと手《て》をたたいた。

「それいいねっ！　行《い》こう、行《い》こうよ」

そういえば……一畑電車《いちばたでんしゃ》って……はっ、そうだ！

「出雲大社《いずもたいしゃ》へ行《い》くには……、一畑電車《いちばたでんしゃ》で『出雲大社《いずもたいしゃ》』まで乗《の》ってそこから歩《ある》いて——」

思《おも》い出《だ》すように話《はな》す遠藤《えんどう》さんの言葉《ことば》を大樹《たいき》がさえぎる。

「もうすぐ10時《じ》21分《ぷん》の電車《でんしゃ》が出《で》ちゃいます！」

ケータイで時計《とけい》を見《み》ると、もう10時《じ》15分《ふん》を回《まわ》っている！

一畑電車《いちばたでんしゃ》さんは、きっとサンライズ出雲《いずも》に乗《の》ってくる人《ひと》に合《あ》わせて余裕《よゆう》で時間《じかん》を組《く》んでくれているんだと思《おも》うけど、見送《みおく》りまでしていると実《じつ》はギリギリになってしまうのだ。

「そんなに急《いそ》がなくても、次《つぎ》の電車《でんしゃ》に乗《の》ればいいじゃない？」

佐川《さがわ》さんが言《い》った。でも、ローカル線《せん》はそんな悠長《ゆうちょう》なことは言《い》っていられないのだ。

「今度《こんど》の10時《じ》21分《ぷん》の出雲大社《いずもたいしゃ》行《いき》を逃《のが》したら、次《つぎ》は11時《じ》16分《ぷん》ですよ！」

僕《ぼく》が言《い》うと、佐川《さがわ》さんは目《め》をぱちくりさせた。

「えっ⁉　次《つぎ》の電車《でんしゃ》が一時間後《じかんご》ってことがあるんですかぁ⁉」

「はいっ。だから『急《いそ》がないと』って言《い》っているんです」

僕《ぼく》は先頭《せんとう》をタタッと走《はし》り出《だ》す。

「よし、急《いそ》ごう」

遠藤《えんどう》さんを先頭《せんとう》に、駅前《えきまえ》の通路《つうろ》を僕《ぼく》らは小走《こばし》りに駆《か》けはじめた。

5　一畑電車《いちばたでんしゃ》に乗《の》って

駅《えき》ビルに沿《そ》って一〇〇メートルほど行《い》ったところが電鉄出雲市駅《でんてついずもしえき》。地元《じもと》の人《ひと》が『ばたでん』と呼《よ》ぶ一畑電車《いちばたでんしゃ》の乗《の》り場《ば》だ。

一階《いっかい》のひっそりとした駅待合室《えきまちあいしつ》に入《はい》り、自動券売機《じどうけんばいき》の右横《みぎよこ》にある窓口《まどぐち》で、遠藤《えんどう》さんは大人《おとな》一枚《まい》一五〇〇円《えん》、小人《こども》一枚《まい》八〇〇円《えん》の『一畑電車《いちばたでんしゃ》フリー乗車券《じょうしゃけん》』を計《けい》六枚《まい》買《か》った。

窓口《まどぐち》のガラスにはポツポツと小《ちい》さな穴《あな》のあいた丸《まる》い窓《まど》がつけられていて、これで中《なか》にいる駅員《えきいん》さんとスムーズに会話《かいわ》ができるという昔《むかし》ながらのスタイル。

「このきっぷで今日《きょう》一日《にち》、一畑電車《いちばたでんしゃ》に乗《の》り放題《ほうだい》になるからね」

遠藤《えんどう》さんはそう言《い》いながらきっぷを全員《ぜんいん》に配《くば》った。

一畑電車《いちばたでんしゃ》フリー乗車券《じょうしゃけん》は定期券《ていきけん》くらいの大《おお》きさの少《すこ》し厚《あつ》めの紙《かみ》で、中央《ちゅうおう》には一畑電車《いちばたでんしゃ》と宍道湖《しんじこ》に浮《う》かぶ城ケ島《じょうがしま》のシルエットが墨《すみ》で描《えが》かれている。

周囲《しゅうい》には主《おも》な駅名《えきめい》が書《か》きこまれ、今日《きょう》の日付《ひづけ》がバシッと中央《ちゅうおう》にスタンプされていた。

もうすでに時刻《じこく》は10時《じ》20分《ぷん》！

ここももちろん手動改札《しゅどうかいさつ》で、さっき窓口《まどぐち》できっぷを売《う》ってくれた駅員《えきいん》さんがやってきて、改札鋏《かいさつばさみ》と呼《よ》ばれるハサミのような器具《きぐ》できっぷの端《はし》にパンチを入《い》れてくれる。

今日《きょう》は直角二等辺三角形《ちょっかくにとうへんさんかくけい》の穴《あな》。

このパンチの穴《あな》の形《かたち》は毎日《まいにち》変《か》わるんだって。

一畑電車《いちばたでんしゃ》のホームもJR《ジェイアール》と同《おな》じように二階《かい》にある。
みんなで改札《かいさつ》を通《とお》り抜《ぬ》けたあと、二階《かい》へと続《つづ》く階段《かいだん》を半分《はんぶん》まで上《のぼ》っていたら、
フルルルルルルルルルルルルルルルルルル！
っと、発車《はっしゃ》を告《つ》げるベルが聞《き》こえてきちゃった。
「うわっ、やばい！　早《はや》く、早《はや》く〜」
僕《ぼく》は先頭《せんとう》をきって、「必殺《ひっさつ》、階段一段飛《かいだんだんと》ばし」で駆《か》け上《あ》がった。

未来《みらい》が「それいいねっ」と僕《ぼく》の後《うし》ろを全速力《ぜんそくりょく》で追《お》いかけてくる。

階段《かいだん》を一番上《いちばんうえ》まで上《あ》がってホームへ飛《と》び出《だ》すと、すぐそばの2番線《ばんせん》に白《しろ》いボディの二両《りょう》編成《へんせい》の電車《でんしゃ》が停車《ていしゃ》していた。

正面《しょうめん》の真《ま》ん中《なか》にはズバッとオレンジのラインが上《うえ》から下《した》へと描《か》かれている。

「デハ2100系《けい》だ!!」

「とってもレトロな感《かん》じね」

ホームでみんなを待《ま》つわずかな時間《じかん》で、未来《みらい》はバッチリと正面《しょうめん》を撮《と》った。

すぐにさくらちゃん、佐川《さがわ》さん、大樹《たいき》、遠藤《えんどう》さんの順《じゅん》で到着《とうちゃく》し、全員《ぜんいん》で車内《しゃない》へ飛《と》びこむ。

「はぁ……ここの発車《はっしゃ》ベルって……はぁ……すごく長《なが》いのね」

佐川《さがわ》さんは肩《かた》で息《いき》をしながら言《い》う。

列車最後尾《れっしゃさいこうび》にはオレンジ色《いろ》のジャケットに紺《こん》のスカート姿《すがた》の『電車《でんしゃ》アテンダント』さんが乗《の》っていて、僕《ぼく》らが全員乗《ぜんいんの》りこむのを確認《かくにん》していた。

フルルルと鳴《な》り続《つづ》けていたベルが鳴《な》りやみ、大《おお》きな一枚扉《まいとびら》がガラガラと音《おと》をたててゆっくりと閉《し》まり、運転手《うんてんしゅ》さんは運転席《うんてんせき》へ座《すわ》る。

電車《でんしゃ》アテンダントさんは車掌《しゃしょう》さんじゃないので、ドアの開《あ》け閉《し》めとか電車《でんしゃ》の運行《うんこう》に関《かか》わることはしない。だから、基本《きほん》はワンマン運転《うんてん》なのだ。

「きっと、僕《ぼく》らが乗《の》るまで待《ま》ってくれていたんですよ」

大樹《たいき》は笑顔《えがお》の電車《でんしゃ》アテンダントさんを見《み》た。

「都会《とかい》の電車《でんしゃ》だったらダイヤを優先《ゆうせん》してドアを閉《し》めちゃうタイミングでも、一本逃《いっぽんのが》せば一時間以上空《じかんいじょうあ》いてしまうからって、少《すこ》しだけならちゃんと待《ま》っててくれるのかも」

「一畑電車《いちばたでんしゃ》、やっさしい！」

さくらちゃんはうっすらと浮《う》かんだ汗《あせ》をハンカチですっと押《お》さえた。

グォオンとモーター音《おん》が大《おお》きく響《ひび》き、電車《でんしゃ》は両側《りょうがわ》をコンクリートで囲《かこ》まれた単線《たんせん》の高架上《こうかうえ》を走《はし》り出《だ》す。床下《ゆかした》から大《おお》きくガタンゴトンとしっかりと音《おと》が聞《き》こえる。

「あっ、先頭車《せんとうしゃ》は観光列車《かんこうれっしゃ》みたいになってる！」

僕《ぼく》らが乗《の》りこんだのは二両編成《りょうへんせい》の後部車両《こうぶしゃりょう》だったが、未来《みらい》が前《まえ》に向《む》かって歩《ある》き出《だ》したので、僕《ぼく》らも後《うし》ろをついていく。

後部車両《こうぶしゃりょう》のシートは車体《しゃたい》に沿《そ》って並《なら》んで座《すわ》るロングシートだけど、前《まえ》の車両《しゃりょう》は二人《ふたり》で座《すわ》

れるようなグリーンのソファに改造《かいぞう》されていた。それぞれのシートの前には木製《もくせい》の小《ち》さなテーブルがあって、飲《の》み物《もの》や駅弁《えきべん》なんかも食《た》べられそうなスペースがある。

遠藤《えんどう》さんと佐川《さがわ》さんは、空《あ》いていたソファに並《なら》んで座《すわ》った。

不思議《ふしぎ》だったのは、すべてのシートが進行《しんこう》方向《ほうこう》に対《たい》して左《ひだり》を向《む》いていたことだ。

「どうして左《ひだり》だけを向《む》いているのかな？」

さくらちゃんに聞《き》かれて車窓《しゃそう》を見《み》たけど、見《み》えているのは特《とく》にすごい風景《ふうけい》というわけではない。そのときだった。後《うし》ろから電車《でんしゃ》アテンダントさんの声《こえ》がした。

「一畑電車《いちばたでんしゃ》はスイッチバックして進行《しんこう》方向《ほうこう》が

変《か》わるんですが、そうするとこちら側《がわ》に宍道《しんじ》湖《こ》がきれいに見《み》られるようになるんです」

『ありがとうございます』

二人《ふたり》でペコリと頭《あたま》を下《さ》げると、電車《でんしゃ》アテンダントさんがニコッと笑《わら》った。

電車《でんしゃ》アテンダントさんは僕《ぼく》らを追《お》い抜《ぬ》いて運転手《うんてんしゅ》さんの後《うし》ろまで歩《ある》くと、壁《かべ》のジャックにマイクをつないだ。

「本日《ほんじつ》は一畑電車《いちばたでんしゃ》をご利用《りよう》いただきましてありがとうございます。ここ出雲《いずも》はその昔《むかし》――」

観光案内《かんこうあんない》が始《はじ》まった。

未来《みらい》と大樹《たいき》は「これはすごいっ」とつぶやきながら、運転席《うんてんせき》の反対側《はんたいがわ》にあたる右側《みぎがわ》に設《せっ》置《ち》されている二人《ふたり》がけシートにちゃっかり座《すわ》っている。

そこは鉄道《てつどう》ファンにとって最高《さいこう》の特等席《とくとうせき》！　リクライニング機構《きこう》を備《そな》えたフカフカのシートが、正面《しょうめん》に向《む》けて少《すこ》し高《たか》い場《ば》所《しょ》に置《お》かれているんだから。

こんなすごい特等席《とくとうせき》のある電車《でんしゃ》なんて、本当《ほんとう》に驚《おどろ》きなんだ。

ドギャーと前《まえ》に広《ひろ》がる前面展望《ぜんめんてんぼう》を、ここに座《すわ》れば一人占《ひとりじ》めすることができる。

しかも、指定席《していせき》や特別料金《とくべつりょうきん》は必要《ひつよう》なし。

一畑電車《いちばたでんしゃ》さんはすごいよね。

列車《れっしゃ》は高架《こうか》から地上《ちじょう》へと下《お》り、四駅進《えきすす》んで川跡《かわと》という駅《えき》に到着《とうちゃく》した。

一畑電車《いちばたでんしゃ》は簡単《かんたん》に言《い》うと『入』の字形《じけい》の路線《ろせん》になっていて、出雲市駅《いずもしえき》は左下《ひだりした》、出雲大社《いずもたいしゃ》前駅《まええき》は左上《ひだりうえ》にあって、真《ま》ん中《なか》の場所《ばしょ》にあるのが川跡《かわと》なのだ。

川跡《かわと》からも右《みぎ》へ線路《せんろ》はさらに延《の》びていて、その先《さき》は松江《まつえ》しんじ湖温泉駅《こおんせんえき》へと続《つづ》く。

いつもならここでだいたい乗《の》り換《か》えなんだけど、この列車《れっしゃ》にはサンライズ出雲《いずも》から乗《の》ってくるお客《きゃく》さんが多《おお》いってわかっているから、土日祝日《どにちしゅくじつ》の10時《じ》21分発《ぷんはつ》はここでスイッチバックして進行方向《しんこうほうこう》を変《か》え、そのまま出雲大社前《いずもたいしゃまえ》へ向《む》かってくれるんだ。

川跡《かわと》は一畑電車《いちばたでんしゃ》の駅《えき》の中《なか》で最大《さいだい》のターミナル駅《えき》で、それぞれの乗《の》り場《ば》に、松江《まつえ》しんじ湖《こ》温泉行《おんせんいき》、電鉄出雲市行《でんてついずもしいき》、出雲大社前行《いずもたいしゃまえいき》と三《みっ》つの電車《でんしゃ》が並《なら》んで停車《ていしゃ》する。

電車《でんしゃ》が三台並《だいなら》べばすごくかっこいい！

今日《きょう》は三《みっ》つとも僕《ぼく》らの乗《の》っている電車《でんしゃ》と同《おな》じデハ２１００系《けい》だけど、黄色《きいろ》の車体《しゃたい》に青《あお》いラインの入《はい》ったものや、アイボリーにエンジ色《いろ》のラインの入《はい》った車体《しゃたい》もあるんだ。

「あれって……京王線《けいおうせん》の列車《れっしゃ》に似《に》ているね」

「さっすが、さくらちゃん。いいところに気《き》がつくね」

「えっへへ。雄太君《ゆうたくん》にそう言《い》われると、ちょ

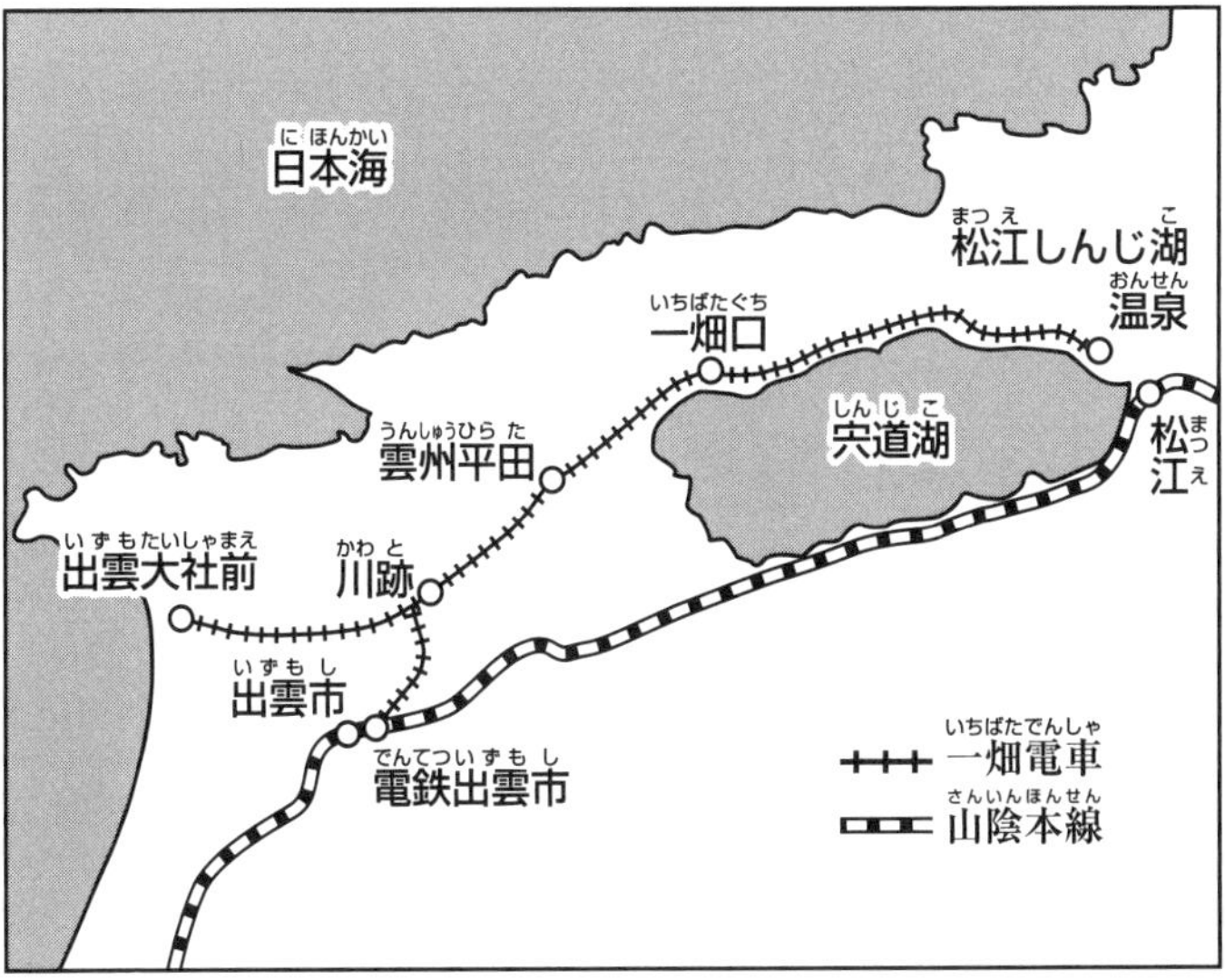

っとうれしいっ」

前回《ぜんかい》、一緒《いっしょ》に京王線《けいおうせん》に乗《の》って、京王《けいおう》れーるランドや高尾山《たかおさん》へ遊《あそ》びに行《い》ったから、さくらちゃん、京王線《けいおうせん》の列車《れっしゃ》、覚《おぼ》えていたのかな。

「実《じつ》はこの一畑電車《いちばたでんしゃ》で働《はたら》いている車両《しゃりょう》は、京王電鉄《けいおうでんてつ》で走《はし》っていた頃《ころ》は『京王《けいおう》5000系《けい》』って呼《よ》ばれていた電車《でんしゃ》なんだ」

「えっ!? まさか本当《ほんとう》に東京《とうきょう》で走《はし》っていた京王線《けいおうせん》の電車《でんしゃ》が島根《しまね》まで来《き》たの!?」

大《おお》きな瞳《ひとみ》をさらに大《おお》きくして僕《ぼく》を見《み》つめる。

「この『京王《けいおう》5000系《けい》』って車両《しゃりょう》は、京王電鉄《けいおうでんてつ》では平成《へいせい》に入《はい》ってからかなり廃車《はいしゃ》にしたんだけど、一部《いちぶ》の車両《しゃりょう》はこうやって島根《しまね》で、『デハ2100系《けい》』って名前《なまえ》を変《か》えて走《はし》っているんだよ」

「へぇ〜、定年《ていねん》して会社《かいしゃ》をやめたおじさんがまた別《べつ》の会社《かいしゃ》で働《はたら》いているみたいな感《かん》じね」

「あっはは。まぁそんな感《かん》じだね。まだまだ元気《げんき》に走《はし》れるからね」

しかも、一畑電車《いちばたでんしゃ》はこうやって京王電鉄《けいおうでんてつ》で走《はし》っていた頃《ころ》の塗装《とそう》に戻《もど》して、リバイバル運転《うんてん》までしてくれているんだ。

「いろんな古《ふる》い電車《でんしゃ》が走《はし》っているから、鉄道《てつどう》ファンの中《なか》には一畑電車《いちばたでんしゃ》のこと、『動《うご》く電車《でんしゃ》博物館《はくぶつかん》』と言《い》う人《ひと》もいるんだ。ちなみに、島根《しまね》って夏《なつ》は暑《あつ》いし、冬《ふゆ》は寒《さむ》いんだけど、このデハ2100系《けい》は、一畑電車《いちばたでんしゃ》で初《はじ》めての冷房車《れいぼうしゃ》だったから、みんなに喜《よろこ》ばれたんだって！」

「ここで第《だい》二の人生《じんせい》を始《はじ》められて本当《ほんとう》によかったね」

まるでおじいちゃんに話《はな》しかけるように、さくらちゃんは車体《しゃたい》の壁《かべ》をやさしく触《さわ》った。

車両《しゃりょう》をそんなふうに思《おも》ってくれるさくらちゃんって、いいよね。

なんだか僕《ぼく》はすごくうれしくなった。

やがて、発車時刻《はっしゃじこく》となり三本《ぼん》の列車《れっしゃ》はいっせいにそれぞれの方向《ほうこう》に向《む》けて走《はし》り出《だ》す。

川跡《かわと》を出《で》て高浜《たかはま》、遙堪《ようかん》、浜山公園北口《はまやまこうえんきたぐち》と停車《ていしゃ》し、10時《じ》43分《ぷん》に、出雲大社前《いずもたいしゃまえ》に到着《とうちゃく》。

ここは出雲大社《いずもたいしゃ》に最《もっと》も近《ちか》い駅《えき》で、Y《ワイ》字型《じがた》の鉄骨《てっこつ》が屋根《やね》の波型《なみがた》のスレート板《ばん》を支《ささ》えている。

すごくレトロな雰囲気《ふんいき》だ。

ホームからなだらかなスロープを下《くだ》ると、木《き》でつくられた改札口《かいさつぐち》があって女性駅員《じょせいえきいん》さんがニコニコときっぷを回収《かいしゅう》していた。

ここも有人《ゆうじん》の改札《かいさつ》だ！

僕《ぼく》らは紺《こん》の上下《じょうげ》の制服《せいふく》を着《き》た駅員《えきいん》さんに、一畑電車《いちばたでんしゃ》フリー乗車券《じょうしゃけん》を見《み》せて通《とお》り抜《ぬ》ける。

待合室《まちあいしつ》へ入《はい》った瞬間《しゅんかん》、さくらちゃんと未来《みらい》は天井《てんじょう》を見上《みあ》げて一緒《いっしょ》に声《こえ》をあげた。

『うわあ〜っ、きれい！』

二人《ふたり》とも手《て》を胸《むね》の前《まえ》で合《あ》わせて、見事《みごと》にハモる。

壁《かべ》はすべて白《しろ》く、高《たか》い吹《ふ》き抜《ぬ》けの先《さき》には、ドーム状《じょう》の屋根《やね》が丸《まる》く広《ひろ》がっている。

そして白壁《しろかべ》に設《もう》けられた窓《まど》という窓《まど》に、ステンドグラス風《ふう》のガラスがはめこまれていた。

窓《まど》ガラスを通《とお》り抜《ぬ》けた太陽光線《たいようこうせん》は、黄《き》・緑《みどり》・赤《あか》・青《あお》などの淡《あわ》い光《ひかり》となって待合室《まちあいしつ》をふわりと照《て》らしている。

「この駅舎《えきしゃ》は、昭和《しょうわ》五年《ねん》に作《つく》られた当時《とうじ》のままらしいですよ」

大樹《たいき》は「ふわぁぁ」と喜《よろこ》んでいる二人《ふたり》に説明《せつめい》した。

「そんな歴史《れきし》があるんだぁ。いいものは古《ふる》くならないんだね」

「さくらちゃん、いいこと、言《い》うじゃない」

未来《みらい》とさくらちゃんが顔《かお》を見合《みあ》わせて微笑《ほほえ》む。

遠藤《えんどう》さんが右手《みぎて》を上《あ》げた。

「よ――し!!　じゃあ、出雲大社《いずもたいしゃ》へ行《い》こうか！」

『おぉぉぉぉ！』

みんなが腕《うで》を振《ふ》り上《あ》げた。


出雲大社《いずもたいしゃ》でのお詣《まい》りをすませ、お昼《ひる》ご飯《はん》を食《た》べて、出雲大社前駅《いずもたいしゃまええき》に14時《じ》には戻《もど》ってきた。

お昼《ひる》は出雲名物《いずもめいぶつ》の『出雲《いずも》そば』だった。

駅弁鉄《えきべんてつ》であり駅《えき》そば鉄《てつ》でもある遠藤《えんどう》さんによると、出雲《いずも》そばは岩手県盛岡《いわてけんもりおか》の『わんこそば』、長野県戸隠《ながのけんとがくし》の『戸隠《とがくし》そば』と並《なら》ぶ、日本三大《にほんだい》そばの一《ひと》つなんだって。

出雲《いずも》そばは三段《だん》の割子《わりご》っていう丸《まる》い器《うつわ》にそばと薬味《やくみ》が盛《も》られていて、そこへとっくりに入《はい》っただし汁《じる》をドバァとかけて食《た》べるんだよ。

ちょっと色《いろ》の濃《こ》い手打《てう》ちのおそばはコシがあって、とってもいい香《かお》りがした。

それで余裕《よゆう》をたっぷり取《と》って一時間《じかん》も前《まえ》に駅《えき》に戻《もど》ってきたわけ！　これから電車《でんしゃ》の運転《うんてん》なんだから、絶対遅刻《ぜったいちこく》するわけにはいかないからね。

それに、出雲大社前《いずもたいしゃまえ》なら一時間《じかん》あってもたいくつはしない。

なぜなら、駅前《えきまえ》の、左《ひだり》はじの引《ひ》き込《こ》み線《せん》にすごい電車《でんしゃ》が展示《てんじ》されているからだ！

それは、一畑電車《いちばたでんしゃ》で長《なが》く活躍《かつやく》したデハニ５０形《がた》というオレンジ色《いろ》の一両《りょう》の電車《でんしゃ》。

この車両《しゃりょう》が作《つく》られたのは昭和《しょうわ》が始《はじ》まったばかりの頃《ころ》だから、車体《しゃたい》は角《かく》ばっていて表面《ひょうめん》には「リベット」と呼《よ》ばれるたくさんのねじ山《やま》がボツボツつき出《で》ている。

ドアは前後《ぜんご》に二《ふた》つ。

その間《あいだ》は一両《りょう》丸々《まるまる》の超《ちょう》ロングシート。丈夫《じょうぶ》で大《おお》きなガラスを作《つく》る技術《ぎじゅつ》もなかった時代《じだい》のものだから、窓《まど》は小《ちい》さな正方形《せいほうけい》。

プラスチック部品《ぶひん》は一《ひと》つもなく、すべての内装《ないそう》は木《き》でできている。

でも、この古《ふる》めかしい電車《でんしゃ》は映画《えいが》にも登場《とうじょう》した、すごく有名《ゆうめい》な車両《しゃりょう》なんだよ。

駅右側《えきみぎがわ》にある通路《つうろ》を通《とお》って、どきどきしながらデハニ５０形《がた》の中《なか》へ入《はい》る。

入場料《にゅうじょうりょう》はいらない。入場料《にゅうじょうりょう》なしで運転席《うんてんせき》まで入《はい》れるんだ。

中《なか》は、古《ふる》い木造倉庫《もくぞうそうこ》のような匂《にお》いがした。

メーターやマスコンの並《なら》ぶ運転席《うんてんせき》に入《はい》ると心臓《しんぞう》がドクンとはねあがる。

僕《ぼく》はちょっと緊張《きんちょう》してきていた。

今日《きょう》はこのあと「この電車《でんしゃ》を動《うご》かす……」わけだから。

未来《みらい》は、車内《しゃない》も車外《しゃがい》もカメラで撮《と》りまくり、大樹《たいき》はシートや壁《かべ》を触《さわ》りながら「ふむふむ」と納得《なっとく》し、さくらちゃんは見《み》たこともない古《ふる》い電車《でんしゃ》を興味深《きょうみぶか》く眺《なが》めていた。

15時《じ》ちょっと前《まえ》には、出雲大社前駅《いずもたいしゃまええき》のホームに入《はい》り、15時《じ》6分《ぷん》発《はつ》の松江《まつえ》しんじ湖温泉行《こおんせんいき》に乗《の》りこんだ。

今度《こんど》の電車《でんしゃ》は、ゆるいカーブを帯《お》びた正面《しょうめん》に、輝《かがや》く星《ほし》のエンブレムをつけた二両編成《りょうへんせい》の電車《でんしゃ》で、白《しろ》と紺《こん》で横《よこ》ストライプに塗《ぬ》られていた。

「さっき乗《の》った電車《でんしゃ》とはまったく違《ちが》うね」

未来《みらい》がカメラを構《かま》えながらつぶやく。

「かなり改造《かいぞう》されたので、確《たし》かに見《み》た目《め》も全然《ぜんぜん》違《ちが》いますが、これも元《もと》は『京王《けいおう》5000系《けい》』なんですよ」

「えー――っ!? ほんと?」

大樹《たいき》の説明《せつめい》に、未来《みらい》は目《め》を丸《まる》くした。

内装《ないそう》もさっきとは全然違《ぜんぜんちが》っていて、中央《ちゅうおう》の通路《つうろ》をはさんで左《ひだり》には向《む》かい合《あ》わせの二人席《ふたりせき》、右《みぎ》には四人席《よにんせき》が並《なら》べられていた。

しかも、それぞれの席《せき》は胸《むね》の高《たか》さまであるつい立《た》てのような木製《もくせい》のボードにすっぽりと囲《かこ》まれていて、これこそ本当《ほんとう》の意味《いみ》での「ボックス席《せき》」って感《かん》じなんだ。

向《む》かい合《あ》わせのシートの真《ま》ん中《なか》には、細《ほそ》い折《お》り畳《たた》みテーブルもあって、お弁当《べんとう》やお菓子《かし》を広《ひろ》げることができそうだった。

本当《ほんとう》に一畑電車《いちばたでんしゃ》は一編成《へんせい》一編成《へんせい》特徴《とくちょう》があっておもしろい。

僕《ぼく》らは四人席《よにんせき》に、大樹《たいき》とさくらちゃん、僕《ぼく》と未来《みらい》と座《すわ》り、通路《つうろ》の向《む》こう側《がわ》の二人席《ふたりせき》には遠藤《えんどう》さんと佐川《さがわ》さんが座《すわ》った。

出雲大社前《いずもたいしゃまえ》から二《ふた》つ行《い》った遙堪《ようかん》を出《で》てしばらくした時《とき》だった。

みんなで車窓《しゃそう》を見《み》ていると、突然《とつぜん》すごいものが目《め》に飛《と》びこんできた。

「あれは、なに!?」

最初《さいしょ》に気《き》がついたのはさくらちゃん。

「うわぁ、すご〜い」

素早《すばや》くレンズを右《みぎ》へ向《む》けてカシャカシャカシャと、未来《みらい》はシャッターを連続《れんぞく》で切《き》った。

「これは神社《じんじゃ》の中《なか》を一畑電車《いちばたでんしゃ》が走《はし》っているってことでしょうか？」

大樹《たいき》はグッと身《み》を乗《の》り出《だ》す。

田《た》んぼの真《ま》ん中《なか》に設《もう》けられた道《みち》に、真《ま》っ赤《か》に塗《ぬ》られた鳥居《とりい》が、トンネルのようにズラリと二〇本《ぽん》くらい並《なら》んでいた。

みんなで『うわぁ』と口《くち》を開《あ》けながら、見《み》えなくなるまで目《め》で追《お》った。

「あれは神社《じんじゃ》へ向《む》かう参道《さんどう》で、踏切《ふみきり》を渡《わた》ると本殿《ほんでん》があるんだよ」

遠藤《えんどう》さんは、僕《ぼく》らの反対《はんたい》の左側《ひだりがわ》を撮《と》ったケータイ画面《がめん》を見《み》せてくれた。

そこには高《たか》い木々《きぎ》に守《まも》られた黒《くろ》い瓦屋根《かわらやね》の古《ふる》い社《やしろ》があり、その前《まえ》には遮断機《しゃだんき》のない小《ちい》さな踏切《ふみきり》が写《うつ》っていた。

「さきほど左《ひだり》に見《み》えましたのが粟津稲生神社《あわずいなりじんじゃ》です。ここに線路《せんろ》を建設《けんせつ》する時《とき》に、どうしても境内《けいだい》を横切《よこぎ》ることになってしまい、このような形《かたち》になったということです」

僕《ぼく》たちが驚《おどろ》いていたのを見《み》て、電車《でんしゃ》アテンダントさんがスピーカーを通《とお》して教《おし》えてくれる。

二両編成《りょうへんせい》の小《ちい》さな電車《でんしゃ》は、なんだかとてもやさしくって居心地《いごこち》がいい。

出雲大社前駅《いずもたいしゃまええき》へ行《い》く時《とき》はスイッチバックした川跡《かわと》を越《こ》えて四《よっ》つ目《め》が、目的地《もくてきち》の雲州平田《うんしゅうひらた》駅《えき》だ。

「ここには一畑電車《いちばたでんしゃ》の本社《ほんしゃ》と車両基地《しゃりょうきち》があるんですよ」

下調《したしら》べが完璧《かんぺき》な大樹《たいき》が目《め》を輝《かがや》かせた。

僕《ぼく》はついにやってきた！

もう右手《みぎて》と右足《みぎあし》が同時《どうじ》に出《で》てしまいそうなくらいにガチガチに緊張《きんちょう》している。

僕《ぼく》も大樹《たいき》も口数《くちかず》が自然《しぜん》に少《すく》なくなる。

雲州平田駅《うんしゅうひらたえき》は、コンクリート製《せい》の丈夫《じょうぶ》そうな二階建《かいだ》ての駅舎《えきしゃ》で、ホームもちょっと古《ふる》いけどかなり大《おお》きいものだった。

遠藤《えんどう》さんが代表《だいひょう》して駅事務室《えきじむしつ》へと入《はい》って、体験運転《たいけんうんてん》に来《き》たことを伝《つた》える。

すぐにオレンジのジャケットを着《き》て、髪《かみ》を頭《あたま》の後《うし》ろでたばねたしっかりした感《かん》じの電車《でんしゃ》アテンダントさんがやってきて、右手《みぎて》に抱《かか》えたクリップボードに目《め》を通《とお》してから僕《ぼく》を見《み》た。

「えっ〜と、君《きみ》が高橋雄太君《たかはしゆうたくん》かな？」

「はい、高橋雄太《たかはしゆうた》です！　今日《きょう》はよろしくお願《ねが》いします！」

バシンと足《あし》をそろえて「気《き》をつけ」の姿勢《しせい》にして、大《おお》きな声《こえ》で答《こた》えた。

「雄太君《ゆうたくん》、そんなに緊張《きんちょう》しなくていいからね」

電車《でんしゃ》アテンダントさんはやさしく微笑《ほほえ》んでくれた。

「そして、的場大樹君《まとばたいきくん》、森川《もりかわ》さくらさん、小笠原未来《おがさわらみらい》さんね。私《わたし》はみなさんの体験運転《たいけんうんてん》のお手伝《てつだ》いをする、内山《うちやま》です。今日《きょう》と明日《あした》の二日間《ふつかかん》よろしくお願《ねが》いします」

みんなで頭《あたま》を下《さ》げてあいさつした。

内山《うちやま》さんが二日間《ふつかかん》って言《い》ったのは、僕《ぼく》らが二日間《ふつかかん》コースで申《もう》し込《こ》んだから。

一日《にち》コースは朝《あさ》10時《じ》からだから、サンライズ出雲《いずも》で来《き》ちゃうと間《ま》に合《あ》わないんだ。

だから、僕《ぼく》たちは今日《きょう》の午後《ごご》と明日《あした》の午前中《ごぜんちゅう》に乗《の》れる二日間《ふつかかん》コースにしたんだよ。

「今日《きょう》はみんなだけだから、ゆっくりと体験《たいけん》できますね。じゃあ、こちらは体験運転《たいけんうんてん》の記《き》念《ねん》としてみなさんに差《さ》し上《あ》げますので」

そう言《い》いながら内山《うちやま》さんは、やわらかい布《ぬの》でできた白《しろ》い物《もの》をみんなに手渡《てわた》した。

……なんだろう、特製《とくせい》のハンカチ？

だけど、それを広《ひろ》げた瞬間《しゅんかん》、僕《ぼく》は思《おも》わず叫《さけ》んだ。


「これって！　運転手《うんてんしゅ》さん用《よう》の白手袋《しろてぶくろ》だ――!!」


大《おお》きな声《こえ》をあげてしまうのは、しょうがないよね。

電車《でんしゃ》の運転《うんてん》は僕《ぼく》の最高《さいこう》の夢《ゆめ》なんだから！

白《しろ》い手袋《てぶくろ》には、一畑電車《いちばたでんしゃ》の赤《あか》くて丸《まる》いロゴマークがプリントされている。

「う、うれしいっ！」

これは僕《ぼく》にとって一生《いっしょう》の宝物《たからもの》だ！

「それは本当《ほんとう》の運転手《うんてんしゅ》が使《つか》っているものと同《おな》じなんですよ。それでは行《い》きましょうか」

ニコッと笑《わら》った内山《うちやま》さんは、ポニーテールをクルンと回《まわ》して後《うし》ろを向《む》いて歩《ある》き出《だ》す。

僕《ぼく》らは1番線《ばんせん》の脇《わき》にあるスロープを下《お》りて、構内《こうない》を進《すす》んだ。

その先《さき》にある小《ちい》さな踏切《ふみきり》の遮断機《しゃだんき》の棒《ぼう》を内山《うちやま》さんはつかんでポーンと上《あ》げる。

「どうぞお通《とお》りください」

「うわぁ〜これはすごい、すごいぞ！」

駅員《えきいん》さんしか通《とお》れない、こんなレアな通路《つうろ》を通《とお》れるってことだけでも、大樹《たいき》と僕《ぼく》のテンションは上《あ》がりまくりだ。

その上《うえ》、手動《しゅどう》の踏切《ふみきり》を見《み》られるだけでも十分《じゅうぶん》にすごいことなんだ。

しかも、ここからは車両基地《しゃりょうきち》だから、たくさんのレールが並《なら》んでいる。

そこを僕《ぼく》らは横切《よこぎ》って向《む》こう側《がわ》まで歩《ある》くんだよ！

これで盛《も》り上《あ》がらない鉄道《てつどう》ファンはいない。

「うひゃぁぁ、電車《でんしゃ》がい〜っぱ〜い！」

車両基地《しゃりょうきち》で整備《せいび》されている電車《でんしゃ》に未来《みらい》の目《め》も釘《くぎ》づけだ。カメラのシャッター音《おん》がひっきりなしに鳴《な》っている。

「あれは、デハ5000系《けい》、こっちはデハ2100系《けい》……。それにあれは新型車両《しんがたしゃりょう》か？」

これからラッピングを行《おこな》う予定《よてい》の銀車両《ぎんしゃりょう》を大樹《たいき》は食《く》いいるように見《み》つめている。

さくらちゃんはすべてのことが新鮮《しんせん》みたいで、僕《ぼく》や大樹《たいき》に「あれはなに？」ってひっきりなしにたずねている。

僕《ぼく》らが最《もっと》も盛《も》り上《あ》がったのは、車両基地《しゃりょうきち》の端《はし》の線路《せんろ》にあった、レールにそって大《おお》きなブラシを並《なら》べた巨大《きょだい》マシーンだ。

「あれって、もしかして電車《でんしゃ》を洗《あら》う装置《そうち》？」

車《くるま》を洗《あら》う洗車機《せんしゃき》そっくりなのだ。電車《でんしゃ》アテンダントの内山《うちやま》さんが振《ふ》り返《かえ》った。

「車両洗浄装置《しゃりょうせんじょうそうち》ですね。あそこを電車《でんしゃ》が通《とお》るだけでボディがきれいになるんです」

「やっぱり、電車《でんしゃ》んものは、なんでも太《ふと》かね」

さくらちゃんは、その大《おお》きさに驚《おど》いたのか、またまた博多弁《はかたべん》！

その時《とき》、陽《ひ》の光《ひかり》を浴《あ》び、一番端《いちばんはし》の線路《せんろ》に停《と》まっていた電車《でんしゃ》がぴかっと光《ひか》った。

どきっとした。

……もしかして、あれかな？

僕《ぼく》と大樹《たいき》は思《おも》わず立《た》ち止《ど》まり、ゴクリとつばを飲《の》みこんだ。

一番端《いちばんはし》の屋根《やね》の付《つ》いた車庫《しゃこ》の中《なか》に、オレンジ色《いろ》のデハニ５０形《がた》が一両《りょう》停《と》まっている。

「あとで、あれを運転《うんてん》してもらいますからねぇ」

53

笑顔《えがお》で内山《うちやま》さんはフェンスの扉《とびら》を開《ひら》いた。

うわっ、これか！

「すげえ！　本物《ほんもの》の電車《でんしゃ》だ！」

「感無量《かんむりょう》です」

僕《ぼく》と大樹《たいき》は二人同時《ふたりどうじ》に右手《みぎて》のこぶしを握《にぎ》り締《し》め、ガッツポーズをした。

それからバシッと線路《せんろ》の真《ま》ん中《なか》で握手《あくしゅ》！

「なにやってんの、二人《ふたり》とも？」

未来《みらい》はあきれたように見《み》て、それからふっと笑《わら》った。

「この電車《でんしゃ》を運転《うんてん》するんだ！　って思《おも》いに心《こころ》が震《ふる》えるんだよ」

「胸《むね》がいっぱいなんです」

「よかったね、二人《ふたり》とも」

未来《みらい》がやさしい目《め》で僕《ぼく》たちを見《み》た。

「雄太君《ゆうたくん》と大樹君《たいきくん》の気持《きも》ち、ちょっとわかるな。私《わたし》たちがライブする前《まえ》とかも、さあいよいよ始《はじ》まるって、みんなで手《て》を握《にぎ》り合《あ》ったりするもんね。そうすると、ちょっと気持《きも》ちが落《お》ち着《つ》いたりするよね」

さくらちゃんもやさしく言《い》う。

だが、すぐには運転《うんてん》できない。

まず講習《こうしゅう》を受《う》けなくてはならないのだ。

扉《とびら》を通《とお》り抜《ぬ》けて線路外《せんろがい》へと出《で》て、正面《しょうめん》のガラス扉《とびら》に『一畑電車株式会社《いちばたでんしゃかぶしきがいしゃ》』と書《か》かれた建《たて》物《もの》に入《はい》った。

十畳《じゅうじょう》くらいの広《ひろ》さの部屋《へや》に長机《ながづくえ》が二台《だい》置《お》かれ、前《まえ》には大《おお》きな液晶《えきしょう》モニターとホワイトボードがあった。

一番前《いちばんまえ》の机《つくえ》に左《ひだり》から未来《みらい》、大樹《たいき》、僕《ぼく》、さくらちゃんの順番《じゅんばん》で座《すわ》る。

遠藤《えんどう》さんと佐川《さがわ》さんは、その後《うし》ろの机《つくえ》に座《すわ》った。

二人《ふたり》は保護者《ほごしゃ》であり、体験運転《たいけんうんてん》には参加《さんか》しない。

一畑電車《いちばたでんしゃ》では小学生《しょうがくせい》が運転《うんてん》する時《とき》には保護者《ほごしゃ》が同伴《どうはん》、そして中学生《ちゅうがくせい》から十八歳未満《じゅうはっさいみまん》の人《ひと》は、保護者《ほごしゃ》の同意書《どういしょ》が必要《ひつよう》なんだ。

僕《ぼく》はひざに両手《りょうて》を置《お》いて背筋《せすじ》を伸《の》ばして、講義《こうぎ》が始《はじ》まるのを待《ま》った。

後《うし》ろの扉《とびら》がキィと開《ひら》いて、紺《こん》の制服《せいふく》を着《き》たおじさんが入《はい》ってきた。

制服《せいふく》の上着《うわぎ》には金《きん》の三《み》つボタン、オレンジのネクタイをしめ、胸《むね》にはネームプレートを着《つ》けている。

この人《ひと》が、僕《ぼく》らに電車《でんしゃ》の運転《うんてん》を教《おし》えてくれる一畑電車《いちばたでんしゃ》の運転士《うんてんし》さん!?

胸《むね》がバクバク鳴《な》りはじめた。

おじさんは僕《ぼく》らの前《まえ》に立《た》つと、ふわっと微笑《ほほえ》んだ。

「ええ〜今日《きょう》の体験運転《たいけんうんてん》の講師《こうし》を担当《たんとう》する一畑電車運転士《いちばたでんしゃうんてんし》の長久保《ながくぼ》です。どうぞよろしくお願《ねが》いします」

僕《ぼく》と大樹《たいき》はバシッと同時《どうじ》に立《た》ち上《あ》がった。

「えっ!?　なっ、なんなの？」

つられるようにして未来《みらい》も急《いそ》いで立《た》ち上《あ》がり、さくらちゃんも続《つづ》いた。

『よろしくお願《ねが》いします！』

四人《よにん》でしっかりと頭《あたま》を下《さ》げた。

「よろしくお願《ねが》いします。はい、座《すわ》っていいよぉ」

電車《でんしゃ》の運転《うんてん》を教《おし》えてくれるのは、もっと厳《きび》しくて怖《こわ》い人《ひと》かと思《おも》っていたけど、長久保《ながくぼ》さんはニコニコ笑顔《えがお》がやさしい人《ひと》だった。

「電車《でんしゃ》の運転《うんてん》をする前《まえ》に『電車《でんしゃ》はどうやって動《うご》いているか？』ってことを、この講習会《こうしゅうかい》では勉強《べんきょう》してもらおうと思《おも》います。ちょっと難《むずか》しいこともあるかもしれないけど、ある程度《ていど》わかればそれでいいからね。じゃあ、さっそく始《はじ》めていこう」

ホワイトボードの後《うし》ろへと消《き》えた長久保《ながくぼ》さんは、突然《とつぜん》パーティのクイズ大会《たいかい》なんかで使《つか》うような「〇」と「×」の書《か》かれたプレートをみんなの机《つくえ》に置《お》いた。

一体《いったい》、これをなにに使《つか》うんだろう？

それから長久保《ながくぼ》さんは「電車《でんしゃ》の運転免許《うんてんめんきょ》」について話《はな》しはじめた。

「自動車《じどうしゃ》を運転《うんてん》するには『自動車免許《じどうしゃめんきょ》』、バイクを運転《うんてん》するには『自動二輪免許《じどうりんめんきょ》』がいるように、電車《でんしゃ》を運転《うんてん》するのにも免許《めんきょ》がいります。列車《れっしゃ》の運転士《うんてんし》は正式《せいしき》には『動力車操縦者《どうりょくしゃそうじゅうしゃ》』って言《い》って、その資格《しかく》がないと運転《うんてん》することができません。走《はし》らせる列車《れっしゃ》によって免許《めんきょ》は違《ちが》うのですが、代表的《だいひょうてき》なものには、『蒸気機関車運転免許《じょうききかんしゃうんてんめんきょ》』『電気車運転免許《でんきしゃうんてんめんきょ》』『内燃車運転《ないねんしゃうんてん》免許《めんきょ》』『新幹線電気車運転免許《しんかんせんでんきしゃうんてんめんきょ》』があります。さて、蒸気機関車《じょうききかんしゃ》はSL《エスエル》、電気車《でんきしゃ》は電車《でんしゃ》、新幹線電気車《しんかんせんでんきしゃ》は新幹線《しんかんせん》ってわかると思《おも》うけど、内燃車《ないねんしゃ》っていうのはなにかわかるかな？」

両端《りょうはし》に座《すわ》る女子二人《じょしふたり》は首《くび》を横《よこ》に振《ふ》る。

『ないねんしゃ？』

さくらちゃんはしょうがないけど、未来《みらい》は、T3《ティースリー》のミーティングで一度《ど》は勉強《べんきょう》したはずなのにな。

「ディーゼル車《しゃ》じゃありませんか？」

後《うし》ろから声《こえ》がした。佐川《さがわ》さんだ。

「そう、お姉《ねえ》さん、正解《せいかい》です」

長久保《ながくぼ》さんが言《い》った。佐川《さがわ》さん、すっごく若《わか》いから誰《だれ》かのお母《かあ》さんじゃなくて、お姉《ねえ》さんと思《おも》われちゃったみたい。

「鉄道《てつどう》におくわしいんですねぇ」

長久保《ながくぼ》さんにほめられて、佐川《さがわ》さんは顔《かお》を真《ま》っ赤《か》にしてうつむいた。

「内燃車運転免許《ないねんしゃうんてんめんきょ》は軽油《けいゆ》なんかを燃料《ねんりょう》にしてエンジンで走《はし》るディーゼルカーを運転《うんてん》する時《とき》

に必要《ひつよう》な免許《めんきょ》です。動力《どうりょく》が蒸気《じょうき》、エンジン、モーターと変《か》わると列車《れっしゃ》の運転《うんてん》はまったく違《ちが》ったものになりますから、そのたびに新《あたら》しい免許《めんきょ》が必要《ひつよう》なんですよ」

ここで長久保《ながくぼ》さんは、いたずらっ子《こ》のような目《め》になった。

「じゃあここで問題《もんだい》です。列車《れっしゃ》の運転免許《うんてんめんきょ》は二十歳《はたち》にならないと取《と》れない。○か×か？」

ここでトレインクイズ!?

「それでこの札《ふだ》を使《つか》うわけですね」

すっと大樹《たいき》がプレートを持《も》ち上《あ》げたので、みんなも一緒《いっしょ》に持《も》ち上《あ》げる。

「よしっ、勘《かん》で答《こた》える○×クイズなら負《ま》けないぞっ！」

未来《みらい》が腕《うで》まくりをしそうな勢《いきお》いで言《い》った。

当《あ》てればいいってことじゃないよ。未来《みらい》、勉強《べんきょう》なんだから……。

確《たし》か自動車《じどうしゃ》は十八歳《じゅうはっさい》からだったから、列車《れっしゃ》もそれくらいかな？

長久保《ながくぼ》さんはみんなの顔《かお》を確認《かくにん》してから「せ〜の、はい、上《あ》げて」って声《こえ》をかけた。

みんながプレートを持《も》ちあげる。

未来《みらい》と大樹《たいき》は○、僕《ぼく》とさくらちゃんは×だから、真《ま》ん中《なか》で二《ふた》つに分《わ》かれた格好《かっこう》。

「正解《せいかい》は…………………『○』」

「あ――――っ!!　間違《まちが》えちゃった〜」と肩《かた》をすくめるさくらちゃん。

「当《あ》たった――――!!　私《わたし》、勘《かん》はいいのよねっ」と両手《りょうて》を上《あ》げる未来《みらい》。

「よしっ」と小《ちい》さなガッツポーズを大樹《たいき》は見《み》せた。

僕《ぼく》は外《はず》してしまって、ちょっとしょんぼり。

「まぁまぁ、これは練習《れんしゅう》で、みんなには、こちらをやってもらいます」

机《つくえ》の上《うえ》に置《お》いてあったプリントを長久保《ながくぼ》さんは僕《ぼく》らの前《まえ》に置《お》いた。

「なっ、なにこれ!?」

未来《みらい》が驚《おどろ》くのも無理《むり》はなく、そこには算数《さんすう》の問題《もんだい》がずらりと並《なら》んでいた。

それも小学生《しょうがくせい》の問題《もんだい》じゃない。たぶん、中学生《ちゅうがくせい》くらいの問題《もんだい》!?

「……これは難問《なんもん》だぞ」

大樹《たいき》がつぶやく。

えっ、これに挑《いど》む気《き》かよっ!?　大樹《たいき》!?

「このプリントは運転士《うんてんし》になる時《とき》に行《おこな》う、実際《じっさい》の筆記試験《ひっきしけん》の一部《いちぶ》です」

「これができないと、電車《でんしゃ》を運転《うんてん》できないんですか!?」

さくらちゃんが心配《しんぱい》そうな顔《かお》でたずねた。

「そうですね。電車《でんしゃ》を運転《うんてん》するんですからね」

長久保《ながくぼ》さんに真剣《しんけん》な顔《かお》で言《い》われて、僕《ぼく》の頭《あたま》の中《なか》でガーンって音《おと》が鳴《な》り響《ひび》いた。

マジかぁ～こんなのわかんないよぉ。

小学生《しょうがくせい》でこれを解《と》けるなんて、大樹《たいき》くらい？

ダメだったら運転《うんてん》できないのかなぁ。

その時《とき》、長久保《ながくぼ》さんがさらりと言《い》った。

「もちろん……冗談《じょうだん》ですよ」

えっ!?　どういうこと？

「みなさんに『こんな試験問題《しけんもんだい》ですよ』ってお見《み》せしただけですから安心《あんしん》してください」

長久保《ながくぼ》さん、声《こえ》をあげて笑《わら》っているけれど、わっ、わかんないよっ、長久保《ながくぼ》さん！　冗《じょう》談《だん》がわかりにくいって！

あれ、未来《みらい》もさくらちゃんも笑《わら》っている。えっ、大樹《たいき》まで！

笑《わら》っていないのは僕《ぼく》だけだ。ガチガチに緊張《きんちょう》して、真剣《しんけん》になりすぎているからかな。

長久保《ながくぼ》さんは、こうした免許《めんきょ》を取《と》るには他《ほか》にも身体検査《しんたいけんさ》や適性検査《てきせいけんさ》もあって、しかも数《すう》年《ねん》ごとに異常《いじょう》がないかチェックを受《う》けなくてはいけないとも、話《はな》した。

「列車《れっしゃ》の運転士《うんてんし》はたくさんのお客様《きゃくさま》の命《いのち》をお預《あず》かりする仕事《しごと》でもありますから」

長久保《ながくぼ》さんは、すごいことをさらりと言《い》った。

運転士《うんてんし》として列車《れっしゃ》に乗《の》る時《とき》は、きっと冗談《じょうだん》も言《い》わずに真剣《しんけん》なんだろうな。

運転《うんてん》について教科書《きょうかしょ》みたいなものを読《よ》みながら勉強《べんきょう》するのかと思《おも》っていたけれど、こうしたクイズや冗談《じょうだん》を交《ま》ぜながら、長久保《ながくぼ》さんはおもしろおかしく運転士《うんてんし》さんの責任《せきにん》まで教《おし》えてくれた。


「では次《つぎ》に、『どうして電車《でんしゃ》が動《うご》いて停《と》まるか』ということを考《かんが》えていきましょう。みなさんは理科《りか》の実験《じっけん》で『豆電球《まめでんきゅう》』を使《つか》ったことがありますか？」

「は～い！　私《わたし》、実験《じっけん》は大好《だいす》きです」

さくらちゃんが長《なが》い手《て》を伸《の》ばして答《こた》える。

「豆電球《まめでんきゅう》は電車《でんしゃ》に似《に》ているんです」

「えっ、そうなの？」

未来《みらい》が口《くち》に手《て》を当《あ》てた。

「はい。豆電球《まめでんきゅう》の電池《でんち》に当《あ》たる部分《ぶぶん》が、鉄道《てつどう》では『変電所《へんでんしょ》』っていう電気《でんき》を作《つく》る場所《ばしょ》に当《あ》たります。そして豆電球《まめでんきゅう》が『電車《でんしゃ》』ですね。では、電池《でんち》と豆電球《まめでんきゅう》をつなぐコードは鉄道《てつどう》でいうとなにになるでしょうか？」

それはわかる！

僕《ぼく》は元気《げんき》よく「はいっ」と手《て》を挙《あ》げた。

こんなことは学校《がっこう》ではめったにないんだけど。

「では、高橋君《たかはしくん》」

「はい。それは『架線《かせん》』だと思《おも》います！」

「おおっ、正解《せいかい》です」

よしっ！　これはちょっとうれしい。

学校《がっこう》の問題《もんだい》なんて当《あ》たってもそんなに思《おも》わないけど、電車《でんしゃ》の運転《うんてん》に関《かん》することに正解《せいかい》するとすっごくテンションが上《あ》がってしまう。

「変電所《へんでんしょ》で作《つく》られた電気《でんき》は電車《でんしゃ》の上《うえ》にある架線《かせん》に流《なが》され、電車《でんしゃ》は屋根《やね》に付《つ》けた『パンタグラフ』って装置《そうち》で電気《でんき》を車内《しゃない》へ取《と》りこんで、床下《ゆかした》に設置《せっち》してあるモーターを回《まわ》すんです。ちなみにモーターを通《とお》ったマイナス電気《でんき》は、レールを通《とお》して変電所《へんでんしょ》へ戻《もど》されるんですよ」

長久保《ながくぼ》さんはホワイトボードの後《うし》ろから、一本《いっぽん》の太《ふと》い金属棒《きんぞくぼう》を取《と》り出《だ》し、さくらちゃんに手渡《てわた》した。

「さあ、これはなんでしょうか」

「おっ、重《おも》かぁ～」

棒《ぼう》は長《なが》さ三〇センチくらい。だが、さくらちゃんはもうギブアップだ。

「もしかして架線《かせん》!?」

「高橋君《たかはしくん》、またまた正解《せいかい》！　すごいね」

長久保《ながくぼ》さんにほめられ、またまたうれしくなって僕《ぼく》はにやっと笑《わら》ってしまった。

「重《おも》たいでしょう？　それが架線《かせん》なんです」

「しかも、すごく硬《かた》いのね」

さくらちゃんは架線《かせん》を僕《ぼく》に渡《わた》した。

「うわっ、本当《ほんとう》だ。意外《いがい》なくらい重《おも》くて硬《かた》いっ」

架線《かせん》っていつも風《かぜ》で揺《ゆ》れたりしているから、もっとずっと柔《やわ》らかくて、ロープみたいなものかと思《おも》っていたのに、太《ふと》い鋼鉄《こうてつ》でできているんじゃないかと思《おも》うくらい、硬《かた》かった。

「電池《でんち》と豆電球《まめでんきゅう》をつなぐと一気《いっき》に明《あか》るく光《ひか》るでしょう。それを鉄道《てつどう》にたとえると、一気《いっき》に全速力《ぜんそくりょく》が出《で》るということになるんですね」

「いきなりものすごいスピードが出《で》てしまうってこと？　それじゃ乗《の》っているほうは怖《こわ》いんじゃないかしら」

未来《みらい》がつぶやいた。

「いきなりスピードが出《で》たら、乗《の》っている人《ひと》がバランスを取《と》りきれず、転《ころ》んだり倒《たお》れたりしてしまいますよね。ですから、電車《でんしゃ》の場合《ばあい》は停車《ていしゃ》した状態《じょうたい》、つまりまったく豆電球《まめでんきゅう》が点《つ》いていない状態《じょうたい》から、だんだんと明《あか》るくなるように調整《ちょうせい》しなくてはいけないんです。そのために、『抵抗器《ていこうき》』っていう装置《そうち》を電車《でんしゃ》の床下《ゆかした》には積《つ》んでいて、これで電気《でんき》を調整《ちょうせい》して速《そく》度《ど》を変化《へんか》させるんですね」

そこで長久保《ながくぼ》さんは、ホワイトボードの後《うし》ろから運転席《うんてんせき》で見《み》かけるマスコンを取《と》り出《だ》して、「よいしょ」とみんなに見《み》えるように前《まえ》に置《お》いた。

マスコンは車《くるま》のアクセルとギアのようなもので、これを使《つか》って前進後進《ぜんしんこうしん》、速度《そくど》の調整《ちょうせい》なんかをレバーで行《おこな》う機械《きかい》だ。

長久保《ながくぼ》さんがマスコンのカバーを外《はず》すと、円筒形《えんとうけい》の機械《きかい》が見《み》えた。

僕《ぼく》も運転席《うんてんせき》を見《み》る時《とき》には操作《そうさ》を見《み》ているし、シミュレーターでもこのレバーを前後《ぜんご》に動《うご》かして加速《かそく》したり減速《げんそく》したりするのは知《し》っていたけど、中《なか》は初《はじ》めて見《み》た。

加速《かそく》を調整《ちょうせい》する仕組《しく》みがそこに見《み》えた。

オートシリンダーなどの機器《きき》が並《なら》んでいてとてもきれいだった。

『こうなってるんだ！』

これこそが、電車《でんしゃ》の心臓部《しんぞうぶ》だ。

「ところで、電車《でんしゃ》はどうやったら停《と》まるか、わかりますか？」

突然《とつぜん》、長久保《ながくぼ》さんがたずねた。未来《みらい》がぱっと手《て》を挙《あ》げる。

「それはブレーキがついているからでーす」

長久保《ながくぼ》さんはうなずき、重《かさ》ねてたずねる。

「電車《でんしゃ》のブレーキは車《くるま》のブレーキと違《ちが》うんです。どこが違《ちが》うかわかる人《ひと》、いますか?」

僕《ぼく》と大樹《たいき》が手《て》を挙《あ》げる。

「はい、的場君《まとばくん》」

「電車《でんしゃ》のブレーキは空気《くうき》を使《つか》っているところです。そのために古《ふる》い電車《でんしゃ》は停車中《ていしゃちゅう》にコトコトってコンプレッサーの音《おと》がするんです」

大樹《たいき》はメガネに手《て》を当《あ》てて答《こた》える。完璧《かんぺき》!

「そうですね。みなさんの住《す》んでいる関東《かんとう》だと『江ノ島電鉄《えのしまでんてつ》』さんにある古《ふる》い電車《でんしゃ》なんかは、トトトトトッってコンプレッサーの回《まわ》る音《おと》がするんじゃないかな? コンプレッサーで作《つく》った空気《くうき》をタンクにためておいて、ブレーキをかける時《とき》はブレーキシリンダーと呼《よ》ばれる装置《そうち》に送《おく》るんです。そうするとそこにつながっているシャフトが伸《の》びて、ブレーキシユーが車輪《しゃりん》に押《お》しつけられて停《と》まるんですね」

今度《こんど》は長久保《ながくぼ》さん、ブレーキシューを両手《りょうて》で運《はこ》んできて、大樹《たいき》の机《つくえ》の前《まえ》にゴトンと置《お》く。

これまた、すごく重《おも》たそう。

それからもう一《ひと》つ、もうちょっと軽《かる》そうなものを持《も》ってきた。

二《ふた》つの形《かたち》はまったく同《おな》じなんだけど、一《ひと》つは薄《うす》く、もう一《ひと》つは太《ふと》かった。

「これって、同《おな》じ形《かたち》をしているけれど、厚《あつ》さが全然違《ぜんぜんちが》いますね」

さくらちゃんがつぶやくと長久保《ながくぼ》さんはニコリと笑《わら》った。

「いいところに気《き》がつきましたね。実《じつ》は、この厚《あつ》みがあるほうが新品《しんぴん》なんです。薄《うす》いほうは使用後《しようご》のブレーキシューです」

『え――――っ、こんなに薄《うす》くなってしまうの!?』

毎日《まいにち》、ブレーキシューが車輪《しゃりん》に押《お》しつけら

れて減《へ》っていくということがリアルに伝《つた》わってくる。

「はい、これで電車《でんしゃ》はどう動《うご》くかって説明《せつめい》は終《お》わりです」

「ほっ、本当《ほんとう》にこんなに簡単《かんたん》でいいんですか？」

僕《ぼく》は思《おも》わず聞《き》いてしまった。

「ええ。でももしご希望《きぼう》があれば、さっきお見《み》せした算数《さんすう》のテストをしますけど？」

長久保《ながくぼ》さんがにやりと笑《わら》う。

それには全員《ぜんいん》で、首《くび》を横《よこ》にブンブン振《ふ》って全力《ぜんりょく》でお断《ことわ》りする。

「では、最後《さいご》に運転体験《うんてんたいけん》のシミュレーションをしましょう」

長久保《ながくぼ》さんは四人《にん》の机《つくえ》にゴトンゴトンと機械《きかい》を一《ひと》つずつ並《なら》べた。

うぉぉぉ、これは⁉

僕《ぼく》のテンションが上《あ》がりまくっている側《そば》で、未来《みらい》はポツリとつぶやく。

「なにこれ？」

すべって思《おも》わず机《つくえ》に頭《あたま》をぶつけそうになる。

「未来《みらい》、なに言《い》ってんだよ⁉　それはブレーキレバーだろ」

「あぁ、そっか〜そーだったわ」

未来《みらい》はテヘへと自分《じぶん》で頭《あたま》をたたいた。

それは運転席《うんてんせき》からブレーキの部分《ぶぶん》だけを外《はず》した機械《きかい》で、真《ま》ん中《なか》には太《ふと》い木《き》のレバーが付《つ》いている。

僕《ぼく》はもらった白《しろ》い手袋《てぶくろ》をはめて、レバーに手《て》をふれた。

ゆっくりと動《うご》かしてみる。

もうそれだけで感動《かんどう》だった。

「それは自由《じゆう》に使《つか》っていいので、今《いま》から流《なが》す映像《えいぞう》に合《あ》わせて動《うご》かして、実際《じっさい》に動《うご》かす感覚《かんかく》を覚《おぼ》えてくださいね。では……」

中央《ちゅうおう》の液晶《えきしょう》モニターにはさっき渡《わた》ってきた線路《せんろ》が映《うつ》っていて、目標《もくひょう》のある場所《ばしょ》までマスコンで加速《かそく》して、うまく停車《ていしゃ》させる方法《ほうほう》が何度《なんど》も表示《ひょうじ》された。

電車《でんしゃ》を走《はし》らせるのは一五〇メートル。

ブレーキを外《はず》してマスコンで加速《かそく》して『×』マークの看板《かんばん》を過《す》ぎたらマスコンを切《き》って、『B《ビー》』って看板《かんばん》のところからブレーキをかける。

まさに「走《はし》って停《と》まる」だけなんだけど、すごく難《むずか》しく思《おも》えてドキドキしてくる。

ゲームでは何度《なんど》もやったけれど、実際《じっさい》の電車《でんしゃ》を動《うご》かすとなると、全然《ぜんぜん》気持《きも》ちが違《ちが》う。

みんなで何度《なんど》も「あ〜でもない、こ〜でもない」とガチャガチャ触《さわ》っていたら、あっという間《ま》に練習時間《れんしゅうじかん》が終《お》わっちゃった。

「よしっ、じゃあ体験運転《たいけんうんてん》に行《い》きましょう」

「え〜っ!!」

早《はや》く電車《でんしゃ》は運転《うんてん》したいんだけど、どきどきしすぎて、思《おも》わずそう言《い》ってしまった。

こんな程度《ていど》でちゃんと走《はし》らせることができるか、不安《ふあん》が胸《むね》の中《なか》に広《ひろ》がっていく。

「大丈夫《だいじょうぶ》かな……」

「よしっ、あとはなんとかなるわよ、雄太《ゆうた》！」

未来《みらい》が席《せき》から立《た》ち上《あ》がって、右手《みぎて》の親指《おやゆび》を上《あ》げた。

「……未来《みらい》」

さくらちゃんが側《そば》へやってきて僕《ぼく》の肩《かた》をポンと軽《かる》くたたく。

「萌《もえ》ちゃんに雄太君《ゆうたくん》が『運転手《うんてんしゅ》になろうと努力《どりょく》している』ところを見《み》せるんでしょ？」

「……さくらちゃん」

「行《い》こう、雄太《ゆうた》。Ｔ３《ティースリー》で今《いま》までやってきたことを信《しん》じろよ」

大樹《たいき》はメガネの真《ま》ん中《なか》を押《お》した。

微笑《ほほえ》んでくれているみんなの顔《かお》を見回《みまわ》した僕《ぼく》は、うんと大《おお》きくうなずき立《た》ち上《あ》がった。

「わかった。みんなで行《い》こう！」

僕《ぼく》ら四人《よにん》は長久保《ながくぼ》さんについて部屋《へや》を出《で》た。最後《さいご》に遠藤《えんどう》さんと佐川《さがわ》さんが、

『みんな、がんばれ！』

と、父《とう》さんと母《かあ》さんみたいに仲良《なかよ》く並《なら》んで声《こえ》をかけてくれた。

6 夢《ゆめ》の一五〇メートル!

電車《でんしゃ》アテンダントさんについて、再《ふたた》び車両基地《しゃりょうきち》へと入《はい》り線路沿《せんろぞ》いを歩《ある》いた。正面《しょうめん》に正方形《せいほうけい》の窓《まど》が三《みっ》つ並《なら》ぶデハニ50形《がた》は車庫《しゃこ》に停《と》まっており、その前《まえ》にはフェンスに両側《りょうがわ》を囲《かこ》まれた、全長《ぜんちょう》一五〇メートルの夢《ゆめ》のレールが続《つづ》いている。

このレールの上《うえ》を走《はし》らせる。僕《ぼく》が電車《でんしゃ》を……。

もうやるしかない。

車庫《しゃこ》の横《よこ》にあるドアから中《なか》へ入《はい》り、さっき勉強《べんきょう》した架線《かせん》、パンタグラフ、抵抗器《ていこうき》、ブレーキ、コンプレッサー、空気《くうき》タンクなんかを実際《じっさい》のデハニ50形《がた》でしっかり再確認《さいかくにん》する。

「感動《かんどう》だなぁ。床下《ゆかした》にある箱《はこ》や部品《ぶひん》にこういう意味《いみ》があったなんて……」

大樹《たいき》が低《ひく》くつぶやいているのが聞《き》こえる。

これから僕《ぼく》らは、電車《でんしゃ》の床下部分《ゆかしたぶぶん》もすごく気《き》になるようになって、思《おも》った。

パンタグラフが上《あ》げられ、ウィイインと電車《でんしゃ》の各部《かくぶ》に電気《でんき》が入《はい》って機械《きかい》が動《うご》きはじめる。

機械音《きかいおん》と僕《ぼく》の心臓《しんぞう》がシンクロしているみたいだ。

一両《りょう》だけの車両《しゃりょう》を一周《いっしゅう》し、横《よこ》にタラップのようにつけられた階段《かいだん》を上《あ》がって車内《しゃない》へ乗《の》りこむ。

中《なか》は出雲大社前駅《いずもたいしゃまええき》で見《み》たデハニ50形《がた》とそんなに変《か》わらない。

けれどあれはあくまで展示車《てんじしゃ》だ。そしてこちらは実際《じっさい》に走《はし》ることができる電車《でんしゃ》。

操作《そうさ》すれば走《はし》り出《だ》す電車《でんしゃ》は、やっぱり「生《い》きている」って感《かん》じがする。

「はい。じゃあ、高橋君《たかはしくん》から運転《うんてん》してみようか？」

長久保《ながくぼ》さんがさらりと言《い》ったとたん、僕《ぼく》の心臓《しんぞう》がばくんとはねあがった。

重《おも》いブレーキハンドルと、栓抜《せんぬ》きのような逆転器《ぎゃくてんき》レバーが渡《わた》される。

いよいよだと思《おも》いながら、その重《おも》さを味《あじ》わった。

「運転士《うんてんし》だったら、これも必要《ひつよう》ですね」

長久保《ながくぼ》さんは一畑電車《いちばたでんしゃ》の制帽《せいぼう》を、僕《ぼく》にしっかりとかぶせてくれた。

これで気合《きあい》の入《はい》らない鉄道《てつどう》ファンなんていない！

「よしっ！　行《い》くぞ」

僕《ぼく》はケータイを未来《みらい》に渡《わた》して、一歩《いっぽ》一歩《いっぽ》しっかり進《すす》んで運転席《うんてんせき》に座《すわ》った。

昔《むかし》の電車《でんしゃ》の運転席《うんてんせき》はとっても小《ちい》さくて、きっと大人《おとな》の人《ひと》だったら少《すこ》し辛《つら》いと思《おも》うけど、小学生《しょうがくせい》の僕《ぼく》にはちょうどいい大《おお》きさだった。

ついに本物《ほんもの》の運転席《うんてんせき》に座《すわ》った。

ここは夢《ゆめ》にまで見《み》た場所《ばしょ》だ！

なんだか信《しん》じられないような気《き》がする。

運転席《うんてんせき》に座《すわ》った僕《ぼく》の耳《みみ》に、クゥウゥウンと電気《でんき》が通《とお》っている音《おと》がうっすらと響《ひび》く。

コンソール左《ひだり》の逆転器《ぎゃくてんき》に、逆転器《ぎゃくてんき》レバーを左《ひだり》から差《さ》しこんだ。

それから「前進《ぜんしん》」へと動《うご》かす。

このレバーの位置《いち》によって前進後進《ぜんしんこうしん》が決定《けってい》されるのだ。

続《つづ》いて左《ひだり》にある四角《しかく》の穴《あな》にブレーキレバーを静《しず》かに入《い》れた。

これで、ブレーキの圧《あっ》を抜《ぬ》いてマスコンを入《い》れれば、電車《でんしゃ》は動《うご》き出《だ》すはず。

うおぉおぉ、緊張《きんちょう》するぅぅぅ。

目《め》の前《まえ》の一五〇メートルの線路《せんろ》が、数十《すうじゅっ》キロにも思《おも》えてくる。

「覚《おぼ》えたことを忘《わす》れないで、思《おも》い切《き》って運転《うんてん》を楽《たの》しんでくださいね」

横《よこ》に立《た》った長久保《ながくぼ》さんが言《い》った。

向《む》こうでは未来《みらい》が僕《ぼく》のケータイを構《かま》えている。

「映像《えいぞう》は任《まか》せておいて！　ちゃんと撮《と》って萌《もえ》ちゃんに送《おく》れるようにするから」

「雄太《ゆうた》、まずは加速《かそく》して、あの『×《バツ》』マークのところでマスコンを切《き》るんだぞ」

大樹《たいき》が、最初《さいしょ》の基本動作《きほんどうさ》のポイントを早口《はやくち》で言《い》ってくれた。

後《うし》ろから、ちょこんとさくらちゃんが顔《かお》を出《だ》す。

「雄太君《ゆうたくん》、こういう時《とき》は肩《かた》の力《ちから》を抜《ぬ》いて気楽《きらく》にやるといいよ」

「ありがとう、みんな」

それから大《おお》きく息《いき》を吸《す》いこんだ。右手《みぎて》を振《ふ》り上《あ》げ、人差《ひとさ》し指《ゆび》を前《まえ》に伸《の》ばす。

「……前方《ぜんぽう》よし……出発進行《しゅっぱつしんこう》……気笛《きてき》。加速《かそく》……『×《バツ》』でマスコンオフ……」

声《こえ》に出《だ》して、一《ひと》つ一《ひと》つの動作《どうさ》を確認《かくにん》する。

僕《ぼく》の心臓《しんぞう》は経験《けいけん》したこともないくらい高鳴《たかな》っていた。

口《くち》から飛《と》び出《だ》しそうなほどだ。

もしかしたら、コンクールでピアノを弾《ひ》く萌《もえ》は、いつもこんな気持《きも》ちを味《あじ》わっているのかもしれない……そうともわからずに、僕《ぼく》はあんなことを言《い》ってしまった。

この前《まえ》のコンクール、ダメだったのか？　なんて。

ごめん、萌《もえ》。

好《す》きで楽《たの》しいことだし、萌《もえ》は誰《だれ》よりも練習《れんしゅう》して努力《どりょく》を続《つづ》けてきたんだから、失敗《しっぱい》したくないし、誰《だれ》にも負《ま》けたくないんだよね。

そう思《おも》っても、うまくいかないことだってある。

それがどんなに悔《くや》しいことなのか、辛《つら》いことなのか。

萌《もえ》のそんな気持《きも》ちが、運転席《うんてんせき》に座《すわ》って僕《ぼく》にも少《すこ》しわかったような気《き》がした。

目《め》をつぶってもう一度《いちど》、すぅぅと大《おお》きく息《いき》を吸《す》いこんだ。

こんな時《とき》は……みんなの力《ちから》を分《わ》けてもらわなくちゃ。

僕《ぼく》は右手《みぎて》をブレーキレバーから外《はず》して、すっと横《よこ》へ伸《の》ばした。

大樹《たいき》、未来《みらい》、さくらちゃんがなにも言《い》わずにその上《うえ》に手《て》を重《かさ》ねてくれる。
『ミッション開始《かいし》――!!』
みんなと声《こえ》を合《あ》わせて叫《さけ》ぶ。
その瞬間《しゅんかん》、胸《むね》の鼓動《こどう》がすっとおさまって、澄《す》んだ青空《あおぞら》が目《め》に入《はい》ってきた。
よしっ。もう大丈夫《だいじょうぶ》だ。
白《しろ》い手袋《てぶくろ》をはめた手《て》を僕《ぼく》はまっすぐ前《まえ》へ伸《の》ばした。

「**前方《ぜんぽう》よし！　出発進行《しゅっぱつしんこう》！**」

足元《あしもと》にあるペダルを思《おも》いきり踏《ふ》んだ。
夢《ゆめ》はあきらめない。
僕《ぼく》も萌《もえ》も。
夢《ゆめ》を夢《ゆめ》で終《お》わらせない。
夢《ゆめ》はつかむためにあるんだから。

萌《もえ》、がんばろう！
夢《ゆめ》のためなら僕《ぼく》らは努力《どりょく》できる。苦《くる》しいことも乗《の》り越《こ》えられる。
前《まえ》へ前《まえ》へと進《すす》んでいける。
それに、僕《ぼく》はいつだって萌《もえ》の味方《みかた》だよ。
ファアアアアアアアアアアアアアアアアアアアアアアン！
気笛《きてき》が長《なが》く長《なが》く出雲《いずも》の空《そら》に響《ひび》き渡《わた》る。
僕《ぼく》の思《おも》いはきっと萌《もえ》に届《とど》くという気《き》がした。
ガシッとマスコンを回《まわ》す。
オレンジの重《おも》い車体《しゃたい》がゆっくりと動《うご》き出《だ》す。
動《うご》いた。
僕《ぼく》が本物《ほんもの》の電車《でんしゃ》を動《うご》かした。
感動《かんどう》がぐんと立《た》ち上《のぼ》って、体《からだ》がびくっと震《ふる》えた。
僕《ぼく》が運転手《うんてんしゅ》になる夢《ゆめ》に向《む》かって本当《ほんとう》に動《うご》き出《だ》した瞬間《しゅんかん》だった。

（おしまい）

詳細《しょうさい》ルート　サンライズ出雲《いずも》と、夢《ゆめ》の一畑電車《いちばたでんしゃ》！

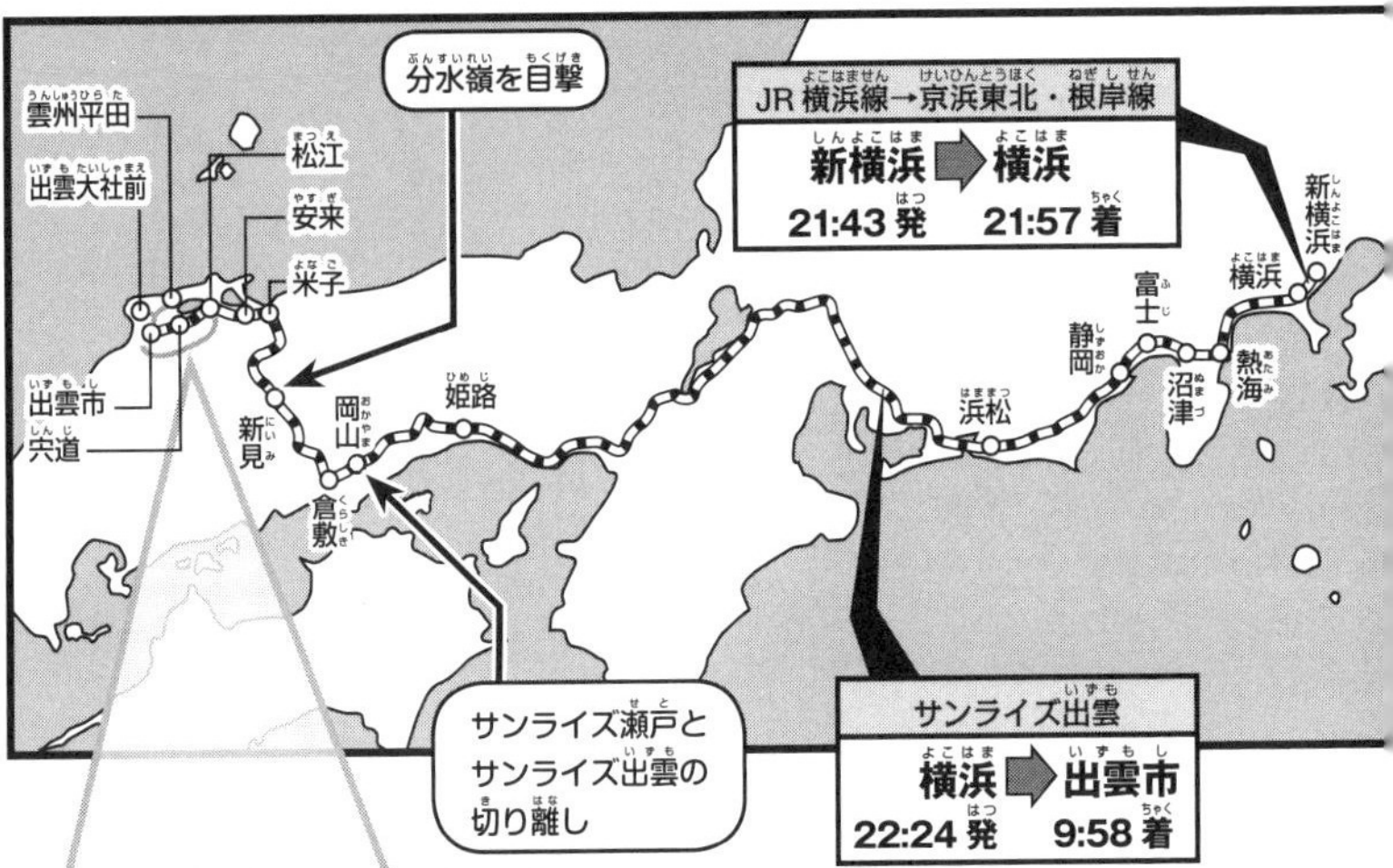

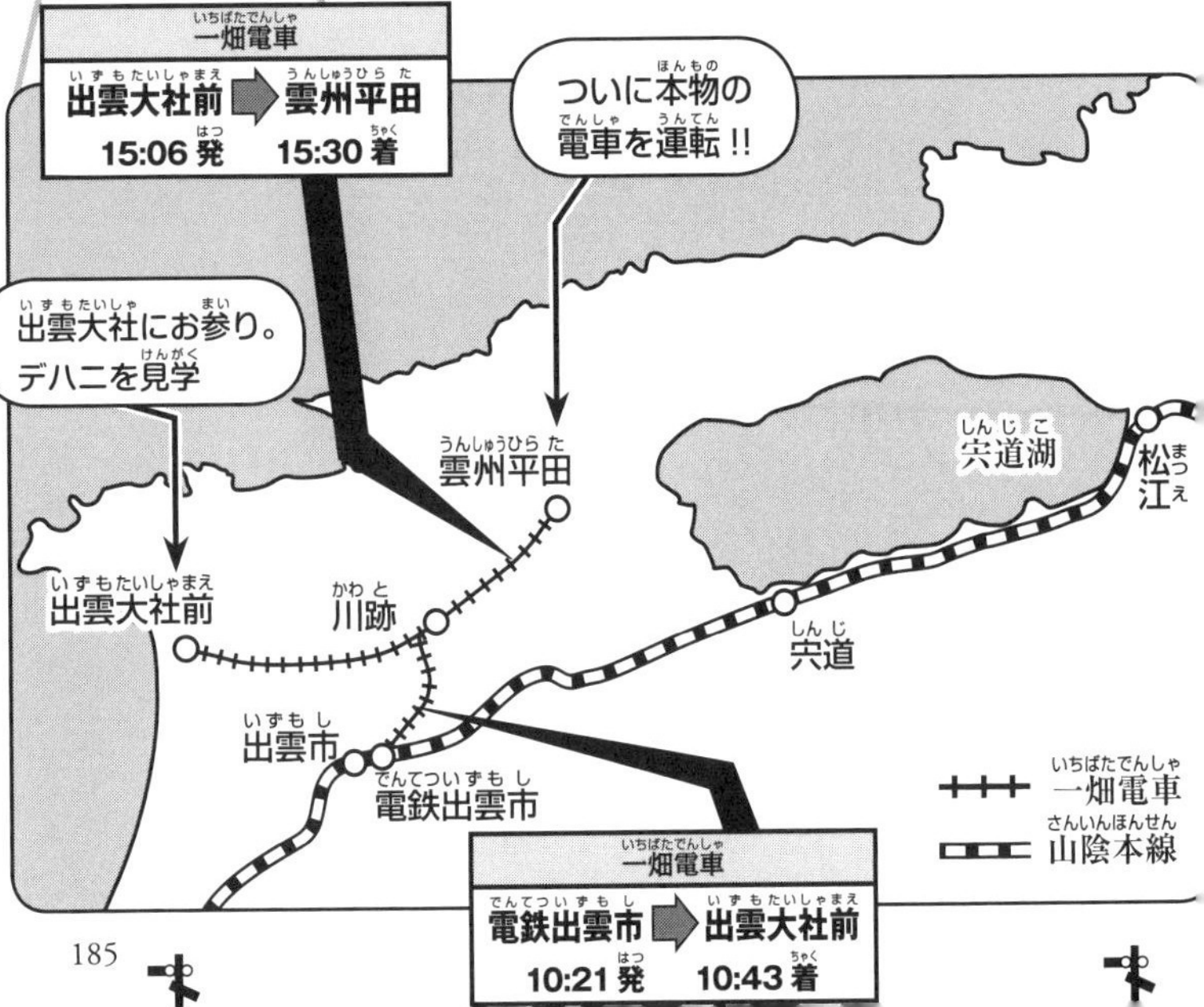

萌《もえ》のコンクール当日《とうじつ》・楽屋《がくや》

今日《きょう》はKTT《ケーティーティー》のメンバーが見《み》にきてくれていた。

でも、前回《ぜんかい》の失敗《しっぱい》のせいで緊張《きんちょう》し、ひざが小刻《こきざ》みに震《ふる》えて止《と》まらない。

みさき「今日《きょう》は二人《ふたり》で応援《おうえん》しにきたよぉ」

上田《うえだ》「よう～萌《もえ》ちゃん。この前《まえ》はちょっとあかんかったけど、今日《きょう》の調子《ちょうし》はどうやぁ？　なんとかなりそうかぁ？」

萌《もえ》「……」

みんなゆうくんと同《おな》じで無神経《むしんけい》なことばかり言《い》う!!

バシィ――――ン!!

上田《うえだ》「痛《いた》――っ!!　問答無用《もんどうむよう》でなにすんねん、萌《もえ》ちゃん」

萌《もえ》「上田《うえだ》も芸術《げいじゅつ》のわからんやっちゃなぁ。ピアノコンクール直前《ちょくぜん》のデリケートな少女《しょうじょ》の気持《きも》ちを少《すこ》しは考《かんが》えてしゃべりーや」

上田《うえだ》「バリケード？」

バシィ――――ン!!　バシィ――――ン!!

上田《うえだ》「おふ――っ!!　おふ――っ!!」

萌《もえ》「しばらく、だまっとけ!」

その時《とき》、みさきちゃんのケータイが鳴《な》った。

みさき「あれ?　雄太君《ゆうたくん》からや。はい、もしもし、雄太君《ゆうたくん》。うんうん、わかった。このまま映像《えいぞう》を萌《もえ》ちゃんに見《み》せればいいねんな」

みさきちゃんは電話《でんわ》を切《き》ると、ゆうくんから送《おく》られてきたという映像《えいぞう》を再生《さいせい》した。

萌《もえ》「これって本物《ほんもの》の電車《でんしゃ》を運転《うんてん》してるんか!?」

びっくりしたことにそこには電車《でんしゃ》の運転《うんてん》を必死《ひっし》にするゆうくんが映《うつ》っている。

ゲームでもなくシミュレーションでもない、本当《ほんとう》の電車《でんしゃ》だった。

雄太《ゆうた》「萌《もえ》～!!　僕《ぼく》も運転手《うんてんしゅ》になるために努力《どりょく》を始《はじ》めたよ!」

萌《もえ》「……ゆうくん」

この前《まえ》のことを思《おも》って、ここまでしてくれた気持《きも》ちが、うれしかった。

必死《ひっし》の形相《ぎょうそう》で両手《りょうて》のレバーを調整《ちょうせい》して、ガアアンと大《おお》きな音《おと》をたてて停止《ていし》させる。

それは初《はじ》めてだからまったくうまくなくて、停止位置《ていしいち》もズレズレの大失敗《だいしっぱい》。

だけど、満面《まんめん》の笑《え》みでゆうくんはカメラを見《み》つめた。

雄太《ゆうた》「萌《もえ》、この前《まえ》はごめん。僕《ぼく》もこうやって夢《ゆめ》に近《ちか》づいてみて少《すこ》しだけ気持《きも》ちがわかったよ。好《す》きなことは失敗《しっぱい》したくないし、誰《だれ》にも負《ま》けないもんね」

萌《もえ》「……あほ……なに言《い》うてんのよ……」

なにもしていないのに、目頭《めがしら》がふっと熱《あつ》くなってくる。

雄太《ゆうた》「うまく言《い》えないけど……。僕《ぼく》も本当《ほんとう》に運転手目指《うんてんしゅめざ》して努力《どりょく》するから、萌《もえ》もまた元気出《げんきだ》してがんばれよ」

萌《もえ》「ゆうくんに言《い》われなくても、がんばってるちゅうねん……」

映像《えいぞう》の最後《さいご》にゆうくんは言《い》った。

雄太《ゆうた》「追《お》い続《つづ》ければ夢《ゆめ》はきっと叶《かな》うはずだから！」

そこで映像《えいぞう》は切《き》れていた。

上田《うえだ》「すげぇなぁ雄太《ゆうた》のやつ。ついに本物《ほんもの》の電車運転《でんしゃうんてん》しとるで」

上田《うえだ》は、もう一度映像《いちどえいぞう》を再生《さいせい》しはじめる。

みさき　「……萌《もえ》ちゃん。雄太君《ゆうたくん》に折《お》り返《かえ》し電話《でんわ》する？」

知《し》らないうちに体《からだ》の震《ふる》えが止《と》まり、胸《むね》には熱《あつ》いものがこみあげてきていた。

うちは黒髪《くろかみ》を後《うし》ろへはらいながら、少《すこ》したまった涙《なみだ》をふいて微笑《ほほえ》む。

萌《もえ》　「そんなんええわ」

ゆうくんが走《はし》りだしたんやから、私《わたし》も走《はし》らな置《お》いていかれるやん。

みさき　「……萌《もえ》ちゃん」

萌《もえ》　「もう大丈夫《だいじょうぶ》。それよりみさきちゃん。今日《きょう》の演奏《えんそう》をカメラで撮《と》って、その映像《えいぞう》をゆうくんに送《おく》ってくれる？」

みさき　「そっ、それはええけど」

萌《もえ》　「頼《たの》むわ。今《いま》までで最高《さいこう》の演奏《えんそう》になるはずやから」

係員《かかりいん》　「エントリナンバー46番《ばん》、川勝萌《かわかつもえ》さん。演奏《えんそう》お願《ねが》いします」

萌《もえ》　「ほな、行《い》ってくるわ。夢《ゆめ》は追《お》いかけな、叶《かな》わへんからな」

黒《くろ》いドレスの肩《かた》で、風《かぜ》を切《き》りながら舞台《ぶたい》へと歩《ある》き出《だ》した。

うちは再《ふたた》び夢《ゆめ》を追《お》いかけはじめた。

あとがき

作者《さくしゃ》の豊田《とよだ》巧《たくみ》です。僕《ぼく》も『一畑電車《いちばたでんしゃ》』へ行《い》って電車《でんしゃ》を運転《うんてん》してきました！

ゲームメーカーに勤《つと》めている時《とき》には、テストプレイで何百時間《なんびゃくじかん》も電車運転《でんしゃうんてん》ゲームをしていたので、「よゆうだね」と思《おも》っていたのですが……。雄太《ゆうた》と同《おな》じで実際《じっさい》に運転席《うんてんせき》に座《すわ》ってみると、心臓《しんぞう》はバクバク、のどはカラカラと超緊張《ちょうきんちょう》してしまって、「走《はし》って止《と》まる」直《ちょく》線《せん》の線路《せんろ》を一往復《いちおうふく》してみましたが、それぞれ60点《てん》くらいでした（笑）。

でも、これは鉄道《てつどう》ファンなら誰《だれ》だってＭＡＸ《マックス》ハイテンションになる体験《たいけん》ですから、みんなチャンスがあったらぜひやってみてください。一畑電車《いちばたでんしゃ》の人《ひと》はみんなやさしくて、楽《たの》しく教《おし》えてくれますよ。ちなみに運転体験《うんてんたいけん》した人《ひと》の中《なか》には、女《おんな》の子《こ》もたくさんいました。

さて、シリーズのほうは、みんなの「百巻《ひゃっかん》まで読《よ》む！」って応援《おうえん》が力《ちから》になって、今年《ことし》も四冊《さつ》出《だ》せることになりそうです。がんばって書《か》きますから楽《たの》しみにしていてね。

それでは、次回《じかい》の『電車《でんしゃ》で行《い》こう！』をお楽《たの》しみに！

集英社みらい文庫

電車《でんしゃ》で行《い》こう！

サンライズ出雲《いずも》と、夢《ゆめ》の一畑電車《いちばたでんしゃ》！

豊田《とよだ》 巧《たくみ》　作
裕龍《ゆうりゅう》ながれ　絵

ファンレターのあて先
〒101-8050　東京都千代田区一ツ橋2-5-10　集英社みらい文庫編集部
いただいたお便りは編集部から先生におわたしいたします。

2015年 3 月10日　第1刷発行
2025年 1 月10日　第6刷発行

発行者　今井孝昭
発行所　株式会社 集英社
〒101-8050　東京都千代田区一ツ橋2-5-10
電話　編集部 03-3230-6246
読者係 03-3230-6080
販売部 03-3230-6393（書店専用）
https://miraibunko.jp
装丁　山本綾野（バナナグローブスタジオ）　中島由佳理
編集協力　五十嵐佳子
印刷　TOPPAN株式会社
製本　TOPPAN株式会社

★この作品はフィクションです。実在の人物・団体・事件などにはいっさい関係ありません。

ISBN978-4-08-321254-3　C8293　N.D.C.913　190P　18cm

※作品中の鉄道および電車や店舗の情報は2015年2月のものを参考にしています。

「みらい文庫《ぶんこ》」読者《どくしゃ》のみなさんへ

言葉《ことば》を学《まな》ぶ、感性《かんせい》を磨《みが》く、創造力《そうぞうりょく》を育《はぐく》む……、読書《どくしょ》は「人間力《にんげんりょく》」を高《たか》めるために欠《か》かせません。たった一枚《いちまい》のページをめくる向《む》こう側《がわ》に、未知《みち》の世界《せかい》、ドキドキのみらいが無限《むげん》に広《ひろ》がっている。これこそが「本《ほん》」だけが持《も》っているパワーです。

学校《がっこう》の朝《あさ》の読書《どくしょ》に、休《やす》み時間《じかん》に、放課後《ほうかご》に……。いつでも、どこでも、すぐに続《つづ》きを読《よ》みたくなるような、魅力《みりょく》に溢《あふ》れる本《ほん》をたくさん揃《そろ》えていきたい。読書《どくしょ》がくれる、心《こころ》がきらきらしたり胸《むね》がきゅんとする瞬間《しゅんかん》を体験《たいけん》してほしい、楽《たの》しんでほしい。みらいの日本《にほん》、そして世界《せかい》を担《にな》うみなさんが、やがて大人《おとな》になった時《とき》、「読書《どくしょ》の魅力《みりょく》を初《はじ》めて知《し》った本《ほん》」「自分《じぶん》のおこづかいで初《はじ》めて買《か》った一冊《いっさつ》」と思《おも》い出《だ》してくれるような作品《さくひん》を一所懸命《いっしょけんめい》、大切《たいせつ》に創《つく》っていきたい。

そんないっぱいの想《おも》いを込《こ》めながら、作家《さっか》の先生方《せんせいがた》と一緒《いっしょ》に、私《わたし》たちは素敵《すてき》な本作《ほんづく》りを続《つづ》けていきます。「みらい文庫《ぶんこ》」は、無限《むげん》の宇宙《うちゅう》に浮《う》かぶ星《ほし》のように、夢《ゆめ》をたたえ輝《かがや》きながら、次々《つぎつぎ》と新《あたら》しく生《う》まれ続《つづ》けます。

本《ほん》を持《も》つ、その手《て》の中《なか》に、ドキドキするみらい――。

本《ほん》の宇宙《うちゅう》から、自分《じぶん》だけの健《すこ》やかな空想力《くうそうりょく》を育《そだ》て、〝みらいの星《ほし》〟をたくさん見《み》つけてください。

そして、大切《たいせつ》なこと、大切《たいせつ》な人《ひと》をきちんと守《まも》る、強《つよ》くて、やさしい大人《おとな》になってくれることを心《こころ》から願《ねが》っています。

2011年《ねん》　春《はる》

集英社《しゅうえいしゃ》みらい文庫《ぶんこ》編集部《へんしゅうぶ》